गीत उत्तरा फाल्गुनी

गीत-नवगीत संग्रह

गीत उत्तरा फाल्गुनी

गीत-नवगीत संग्रह

बुद्धिनाथ मिश्र

प्रलेक प्रकाशन

प्रलेक प्रकाशन

PRALEK PRAKASHAN

(an Imprint of "PRALEK PUBLISHING HOUSE PVT. LTD.")

मुख्य कार्यालय : 702, जे-50, ग्लोबल सिटी, विरार (वेस्ट), मुम्बई, महाराष्ट्र-401303

दिल्ली एनसीआर ऑफ़िस पता : 03/सी, ज्ञान खण्ड-4 इंदिरापुरम गाजियाबाद, उ.प्र.-201014

E-mail : pralek.prakashan@gmail.com

Website : www.pralekprakashan.com

दूरभाष : +91 7021263557

गीत उत्तरा फाल्गुनी : बुद्धिनाथ मिश्र

Geet Uttara Falguni by Buddhinath Mishra

ISBN : 978-93-5869-57-24

प्रथम पेपरबैक संस्करण : 2024

आवरण एवं पुस्तक सज्जा : प्रलेक स्टूडियो

(प्रलेक प्रकाशन का लोगो मिक्की पटेल की तूलिका से।)

भारतीय संस्कृति की विरल गीत-भूमि
पूर्वांचल के प्रतीक-पुरुष,
जम्मू-कश्मीर के यशस्वी उपराज्यपाल
श्री मनोज सिन्हा जी
को सप्रेम समर्पित।

गीत है मंत्र की औरस संतान

साहित्य यदि समाज का दर्पण है तो गीत हीरे की वह अंगूठी है, जिसमें पूरा युग सूक्ष्म रूप में प्रतिबिंबित होता है। वैदिक मंत्रों में ज्ञान-विज्ञान के गूढ़ अर्थ बीज रूप में समाहित हैं। जैसे आम के बीज में उसके वृक्ष की जड़, शाखा, मंजरी और फल सभी सूक्ष्म रूप में उपस्थित रहते हैं, वैसे ही वैदिक मंत्रों में भी विज्ञान के वितान से लेकर अध्यात्म के रहस्य तक सँजोए हुए हैं। आपके तप, चिन्तन-मनन से उन रहस्यों का साक्षात्कार होता है।

उपन्यास की तरह बड़ा कलेवर न होने के कारण गीत विस्तार से अपने समय को आँक नहीं सकता, लेकिन अपने युग की सारी बातों को सलीके से समेट सकता है। जैसे मंत्रों में शब्दार्थ सिकुड़कर बैठते हैं, वैसे ही गीतों में व्यंजना शक्ति-सम्बलित अर्थ वामन रूप में उपस्थित होते हैं। आवश्यकता उनके डिकोड करने की है, जिसके लिए व्याख्याता की भूमिका महत्वपूर्ण होती है।

पिछला एक दशक भारतीय समाज के लिए ऐतिहासिक रहा है जिसनें एक ओर कोरोना की विभीषिका ने नागरिकों को घरबंदी का स्वाद चखा दिया और ऐसी स्थिति उत्पन्न कर दी कि सारे रिश्ते-नाते चकनाचूर हो गए। दूसरी ओर सनातन धर्म के पुनर्जागरण ने हिंदू समाज को जीवित होने का एहसास कराया और स्वतंत्रता को सुसंस्कृत धरातल पर उतरने की ऊर्जा प्रदान की। काशी का विश्वनाथ मंदिर, अयोध्या का राम मंदिर और प्रयागराज का महाकुंभ उस दृष्टि से हमारे जीवन की महत्वपूर्ण ऐतिहासिक घटनाएं हैं, जिन्हें सदियाँ याद कर गर्वित होंगी।

पिछली आधी सदी के युगीन परिवर्तनों ने मेरे गीतों को भी प्रभावित किया है। 'उत्तरा फाल्गुनी' के गीत मेरे प्रारंभिक गीतों से बिल्कुल अलग, कहीं-कहीं ज्यादा नमकीन भी लगेंगे। यह स्वाभाविक भी है क्योंकि समय के अनुसार अनुभव बदलते हैं और कविता की संरचना में अनुभव की विशेष भूमिका होती है।

कविता आत्मा की सूक्ष्म अभिव्यक्ति है और गीत उस अभिव्यक्ति का चरमोत्कर्ष। वस्तुतः छंदों के सांचे में ढली कविता का सर्वांगीण सौन्दर्य ही रसिकों को रिझाता है। भारतीय जन उसी कविता को अंगीकार करते हैं जो श्रद्धा-विश्वास जगाती है,जो जीवन में शनव गति नव लय ताल छंद नवश देती है।

छांदस कविता कभी हिंदी पाठ्यक्रमों का आकर्षण होती थी। आज छंदमुक्त कविता से आतंकित होकर बच्चे हिंदी विषय लेने से कतरा रहे हैं। एक सदी बीत जाने के बाद भी छंदमुक्त, गद्यात्मक, वैचारिक कविता हिन्दीभाषी समाज के हृदय में स्थान नहीं पा सकी है। टेम्स नदी के पानी से सुबह-शाम आचमन करनेवाले प्रोफेसर लोग भले ही उसे हिंदी कविता की 'मुख्य धारा' कहें, लेकिन वस्तुतः वह हिंदी कविता की 'लूप लाइन' ही है, क्योंकि कोई भी विधा सामाजिक समर्थन के बिना आगे नहीं बढ़ सकती है। जो कविता स्वयं कवि को याद नहीं रहती, उसे समाज याद करे या याद रखे, यह सोचना ही हास्यास्पद है। इको सिस्टम की बदौलत इस समय हिन्दी की पाठ्य पुस्तकें ऐसी ही जबर्दस्ती ठूँसी गयी छंदहीन-भावहीन वैचारिकताओं से भरी पड़ी हैं। आधुनिक काल के वरिष्ठ कवि नागार्जुन और त्रिलोचन ने भी अंत में यही माना कि छंद कविता का पहली शर्त है।

भारतीय कविता हजारों वर्षों से वाचिक परंपरा में रही है। इसलिए छंदों के संगीत में आबद्ध, भावों और विचारों को संतुलित रूप में प्रस्तुत करनेवाली कविता ही पाठ्य गुण सम्पन्न मानी जाती है। प्रेषणीयता के अभाव में छंदमुक्त कवियों के लिए काव्यमंच पर पाँव रखना भी असुविधाजनक रहा है, जिसका लाभ लतीफेबाज कवियों ने भरपूर उठाया। कवि सम्मेलन काव्यप्रेमियों से रचनाकार को जोड़ने का बहुत बड़ा मंच रहा है, जिसके माध्यम से नेपाली, बच्चन, जानकीवल्लभ, नीरज और दिनकर जैसे तमाम छांदस कवियों ने समाज में हिंदी कविता की फसल को बचाया है। गीत-नवगीत के कवियों ने एक ओर जहां आज के जटिल जीवन को अभिव्यक्ति दी है, वहीं सुरीले शब्दों से कविता को स्थायित्व प्रदान किया है। इसलिए शैक्षिक जगत के गुरु घंटालों के असहयोग के बावजूद गीत-नवगीत विधा दिनोंदिन पंख पसार रही है। पिछले दो दशकों में ऐसे अनेक गीत और नवगीत संग्रह आए हैं, जिन्होंने पूरे हिंदी जगत को नई दिशा दी है। डॉ. शिवानंद सहयोगी द्वारा संपादित 'नवगीत अर्धशतक' वाराणसी से ही डॉ. शंभुनाथ सिंह द्वारा संपादित 'नवगीत दशक' परंपरा की नवीनतम उपलब्धि है।

विश्व की सभी भाषाओं में, प्रारम्भ में लिखने की सुविधा न होने के कारण,

अनिवार्य रूप से सुरक्षित रखने योग्य समस्त वाङ्मय छंदोबद्ध ही था। सभी भाषाएँ संस्कृत की तरह प्रौढ़ नहीं थीं, इसलिए किसी में लय को महत्व देते हुए एक ही स्वर को दूर तक खींचा जाने लगा, किसी में शब्दों के बीच-बीच में मौन रहकर ताल और मात्रा ठीक की जाने लगी, तो किसी में अधिक मात्रावाले शब्दों को शीघ्रता से कहकर कम मात्रा का बनाया गया। इसलिए वहाँ छंद की परिभाषा भी अपेक्षाकृत शिथिल है। ब्लेयर ने एक जैसे ध्वनि-समूहों की आवृत्ति को ही छंद माना है। क्विन्तीलियन ने 'दो या कई वाक्यों को एक समान तुकान्त करने की कवि-कुशलता' को छंद कहा है। दान्ते भारतीय छंदशास्त्रियों के ज्यादा निकट हैं, जब वे घोषित करते हैं कि 'छंद का काम पद्य की लयात्मक रचनाओं को व्यवस्थित करना है'। जार्ज पुट्टेनहम से लेकर विलियम वेब, मिल्टन, ड्राइडन, एडविन गेस्ट और सेंट्सबरी तक अंग्रेज़ी के सभी विचारक छंद को 'केवल लय का सहायक' मानते रहे हैं।

यूरोपीय छंद-विधान में प्रत्येक पद में कुछ चरण(फुट) होते हैं, जिनमें दो लयान्वितियाँ (सिलेबिल) होती हैं। इन दो लयान्वितियों में से या तो दोनो दीर्घ या एक लघु-एक गुरु या दोनो लघु होती हैं और उन्हीं के अनुसार छ्न्द का नामकरण होता है। दूसरी विशेषता है,लयान्वितियों पर बल, जिसे 'स्ट्रेस' कहते हैं। कविता पढ़ते समय किसी विशेष लयान्विति पर बल देने से छंद की गति बनती चलती है। इस बल को वे 'ऐक्सेन्ट' कहते हैं। फ्रांसीसी पद्यों में स्वरित (ऐक्सेन्टेड) और निःस्वरित (अनऐक्सेन्टेड) लयान्वितियों में उतना अंतर नहीं है, जितना अंग्रेज़ी और जर्मन पद्यों में। इसलिए इन भाषाओं में कान के अभ्यास से ,पढ़ने के ढंग पर ही छंद का भास होता है। ग्रामो ने डंके की चोट पर कहा भी है कि 'छंद कान के लिए है,आँख के लिए नहीं'। यूरोप के प्रायः सभी बड़े कवियों ने गिने-चुने छंदों का ही प्रयोग किया है। वीर काव्य के लिए आयम्बिक पेन्टामीटर, प्रेम और सरस भावात्मक वर्णन के लिए आयम्बिक टेट्रामीटर या ट्रायमीटर छंद का प्रयोग हुआ है। इधर कुछ स्वतंत्र छंद भी लिखे जाने लगे हैं, जिनमें 2 से 14 तक पंक्तियाँ होती हैं और प्रत्येक पंक्ति स्वतंत्र रूप से छोटी-बड़ी होती है। यूरोपीय कवियों का सर्वस्वीकृत सिद्धान्त यह रहा है कि 'छंद की गति वह रखी जाय जो पढ़ने या सुनने में मधुर और स्वाभाविक लगे'। अंग्रेज़ी के कुछ छंदों में पंक्ति और लय-विशेष क्रम से सजे हुए रहते हैं और सभी पंक्तियों की लम्बाई समान होती है,जैसे सॉनेट, पिंडारिक ओड, ट्रियोलेट और विलानिल। इनमें सॉनेट छंद का खूब प्रयोग हिन्दी कवियों ने, खासकर त्रिलोचन शास्त्री ने, किया है।

अरबी भाषा में शब्द-बल (वजन) के आधार पर छंद की लय बैठायी जाती है। प्रत्येक छंद में दो मिसरे होते हैं ।दूसरे के अंतिम शब्द में पदान्त (मिसरा तरह) होता है। प्रारम्भ में अरबी कविता में कई प्रकार के छंद थे, जिनमें 'मुतकारिब' और 'रमल' का पर्याप्त विकास हुआ। आठवीं सदी में हलील बिन अनमद ने छंदशास्त्र (अरूज़) की प्रथम रचना की और 'फल्' धातु से विभिन्न प्रकार के छंदों का रूप बाँधने की रीति निकाली । पुराना छंद 'तबील' फऊलुन मफाइलुन फऊलुन मफाइलुन की गति से और 'हजाज' मफाइलुन मफाइलुन मफाइलुन मफाइलुन की गति से चलता था। ये दोनो छंद संस्कृत में पूर्व प्रचलित हैं। पहले छंद में रामचरित मानस का 'नमामीशमीशान-निर्वाणरूपम्' और दूसरे में शिवताण्डवस्तोत्र का 'जटा-कटाह-सम्भ्रम-भ्रमन्निलिम्प-निर्झरी' को पढ़ा जा सकता है। अरब में चूंकि रेगिस्तान ही रेगिस्तान है, इसलिए अरबी छंदों की गति ऊँट के चलने की गति से मिलती-जुलती है। वैदिक भाषा की तरह प्राचीन अरबी को समझनेवाले भी बहुत कम बचे हैं। 'कुरान' प्राचीन अरबी में ही है। इसी प्रकार प्राचीन फ़ारसी भाषा का रूप भी नष्ट हो चुका है। वर्तमान फ़ारसी के सबसे पुराने उदाहरण नवीं सदी से प्राप्त होते हैं, जिनके अधिकांश छंद अरबी से लिये गये हैं। 'शेर' भी अरबी भाषा का शब्द है, जिसका अर्थ है-दो मिसरों का समाहार। इस शेर के एक चरण या एक पंक्ति को मिसरा, शेरों के समूह को गजल, गजल के पहले शेर को मतला और अंतिम शेर को मकता कहते हैं। इसी प्रकार तुक को काफिया और पदान्त को रदीफ कहते हैं।

अरबी और फारसी दोनों में चार मिसरों के छंद 'रुबाई' का खूब प्रचलन है, जिसमें थोड़े से मुहावरेदार शब्दों में जीवन-दर्शन की बड़ी-बड़ी बातें कही जाती हैं। उमर खय्याम की फारसी में लिखी रूबाइयाँ संसार की प्रायः सभी भाषाओं में अनूदित हैं। हिन्दी में बच्चन जी ने उनका अनुवाद भी किया और बाद में उन्हीं के तर्ज पर 'मधुशाला' के लोकप्रिय छंद भी रचे।

चीनी भाषा में पद्य के लिए कोई शब्द नहीं है, क्योंकि वहाँ लय या छंद के बदले ध्वनि-प्रसार पर अधिक बल दिया जाता है। चीनी भाषा का प्रत्येक अक्षर एक आदि के और एक अंत के व्यंजन से बना शब्द होता है। अंतिम अक्षर स्वर या अनुनासिक मात्र होता है। इस प्रकार, वहाँ अक्षर एक चिह्न है जो कभी-कभी वाक्य का भी बोधक होता है। चीनी लोग चार प्रकार के छंद मानते हैं- शिः, फुः, त्जउ और चउ। इनमें शिः अधिक प्रचलित है, प्रायः सभी लोकगीत, चारणगीत और साहित्यिक पद्य इसी छंद में लिखे गये हैं। चीनी काव्य गीति- प्रधान है, प्रबंध-प्रधान नहीं। इसलिए पूरे चीनी काव्य-साहित्य में एक

भी महाकाव्य नहीं है। 'शि:' में भावों की अभिव्यक्ति होती है और 'फु:' में प्रकृति या वस्तुओं का वर्णन। नवीं सदी में प्रचलन में आये संगीतोपयोगी छंद 'त्जउ' की रचना-शैली को 'त इएन्ध त्जउ'(राग के अनुसार शब्द भरना) कहा जाता है। विषम पंक्तियों वाला यह छंद अत्यन्त भावात्मक गीतों को रचने में काम आता रहा। 'चउ' को 'त्जउ' का संगीतहीन रूप माना जाय। जापानी में पाँच ह्रस्व स्वर हैं--अ,इ,उ,ए,ओ। प्राकृत की तरह इनका उच्चारण अलग -अलग होता है। जैसे प्राकृत में 'सुउमार' (सुकुमार) को 'सूमार' नहीं पढ़ा जा सकता, वैसे ही जापानी काव्य में भी। जापानी में लघु और गुरु शब्द-समूह के अनुसार लय का निर्माण होता है। जापानी में केवल चार छंद प्रचलित हैं--नगउता, तन्का, रेन्का और हाइकु। सबसे छोटा छंद हायकु हिन्दी कवियों में भी काफी लोकप्रिय है। इसमें 'तन्का' के प्रथम भाग के समान 17 अक्षर(5-7-5) होते हैं।

भारत की धरती से उत्पन्न सभी भाषाओं में प्रबंधकाव्य बड़े-बड़े प्रतिभाशाली कवियों द्वारा पर्याप्त रचे गये हैं। महर्षि वाल्मीकि और महर्षि वेदव्यास ने क्रमश: रामायण और महाभारत की रचना कर न केवल भारतीयों को जीने की कला सिखायी, बल्कि परवर्ती कवियों के लिए उपजीव्य काव्य भी दिये। ये महाकाव्य सही अर्थों में भारत के प्राचीन इतिहास हैं ।अज्ञ लोग ही इन्हें मिथक कहते हैं।

आज का कोई प्रकाशक अंत:प्रेरणा से या अपने मन से छंदमुक्त कविताओं का संग्रह प्रकाशित नहीं करना चाहता। वह उन्हीं प्रोफेसरों या अफसरों का काव्य संग्रह छापता है जो प्रत्यक्ष या परोक्ष रूप से उसे लाभान्वित कर सके। इस समय ऐसे काव्य संग्रह बहुत आ रहे हैं, जो आर्थिक दृष्टि से समर्थ अध्यापकों द्वारा पैसा देकर प्रकाशकों से छपवाये जाते हैं।

इस तरह, कोई भी छंदमुक्त काव्य संग्रह अपनी गुणवत्ता के कारण नहीं, बल्कि एक्स-फैक्टर के कारण छपता है और बँटता है। ज्यादा जोर लगाने पर वह पाठ्यक्रमों में धकेल भी दिया जाता है। जो लोग कविता में गंभीरता की दुहाई देते हैं,वे लोग आदिकवि वाल्मीकि से लेकर महाकवि कालिदास, महाकवि तुलसी और महाकवि प्रसाद की रचनाओं को पढ़ें और सोचें कि छंदों के साचे में ढली कविता का सर्वांगीण सौन्दर्य क्या होता है। भारतीय जन उसी कविता को अंगीकार करते हैं जो श्रद्धा-विश्वास जगाती है और जो जीवन में आशा का संचार करती है। जो कविता बाढ़ में डूबते-उतराते व्यक्ति को बाढ़ की विभीषिका समझाने आए, वह उन्हीं लोगों को सुख देगी जो बाढ़ की परिधि से परे बैठे हैं।कोई भी पाठक सड़े हुए टमाटर खरीदने के लिए अपने जेब से पैसा

नहीं निकालता। इसलिए केवल उत्तम कोटि की छांदस कविताओं का संकलन ही पाठक चाव से खरीदता और पढ़ता है। दुख इस बात का है कि पाठक जिन कालजयी काव्यग्रंथों को खरीदना चाहता है, वे बाजार में उपलब्ध नहीं होते और जिन पुस्तकों की दूकानों पर ढेर लगी है, वे उनके किसी काम की नहीं।

भारतीय कविता हजारों वर्षों तक वाचिक परंपरा में रही है। इसलिए छंदों के संगीत में आबद्ध, भावों और विचारों को संतुलित रूप में प्रस्तुत करनेवाली श्रव्य कविता ही पाठ्य गुण से सम्पन्न मानी जाती है। अपनी कविता के प्रभाव को जांचने के लिए कवि सम्मेलन का मंच पिछले सौ वर्षों से उपयुक्त माना जाता रहा है। पुरानी पीढ़ियों के कवि रसिक श्रोताओं की कसौटी पर अपनी कविता को खरा उतारने के लिए कवि सम्मेलन में अपना टिकट कटा कर जाते थे। प्रेषणीयता के अभाव में छंदमुक्त कवियों के लिए काव्यमंच पर पाँव रखना भी असुविधाजनक रहा है, जिसका लाभ लतीफेबाज कवियों ने भरपूर उठाया। अगर छंदमुक्त कविता के कवि अपनी सामाजिक प्रतिबद्धताओं को समझते, तो वे अवश्य मंच पर आते। उनके आने से मंच पर रिक्तता नहीं आती और कविता के लिए अयोग्य माने जानेवाले कलाकार कवि के नाम पर मंच पर नहीं पहुंच पाते। शुतुरमुर्ग की भाँति अपने काव्यसंग्रह की रेत में आकंठ डूबे वे महाशय यह नहीं देख पाये कि कवि सम्मेलन काव्यप्रेमियों से रचनाकार को जोड़ने का बहुत बड़ा मंच रहा है ।अपनी कविता को गंभीर बताकर काव्यमंच का उपहास करनेवाले लोग वस्तुतः अहंकारी और आत्महंता हैं।

यदि समाज से कटे और पाठ्यक्रमों से सटे छंदमुक्त कवियों उनके समीक्षकों का एकमात्र उद्देश्य परस्पर 'अहो रूपम् अहो ध्वनिः' करना है, तो उन्हें सामान्य पाठक कौड़ियों के मोल भी क्यों खरीदें? वे तो अपनी गाढ़ी कमाई वहीं खर्चेंगे, जहाँ उन्हें 'ब्रह्मानंद-सहोदर' मिलेगा। वामपंथियों के दबाव में केंद्रीय साहित्य अकादमी हिंदी भाषा में छांदस कविताओं का बहिष्कार करती रही है। जब सन 2000 में कन्हैयालाल नंदन जी के संपादन में 'श्रेष्ठ हिंदी गीत संचयन' प्रकाशित हुआ तो वह ऐसे हाथों-हाथ बिका कि साहित्य अकादमी का बेस्ट सेलर संग्रह मान लिया गया। उससे प्रोत्साहित होकर साहित्य अकादमी ने डॉ. ओमप्रकाश सिंह के संपादन में विराट नवगीत संग्रह भी प्रकाशित हुआ है। शब्द को स्थायी भाव तभी मिलता है, जब उसपर संगीत का लेप लगता है। भारतीय आचार्यों की तरह मैं भी मानता हूँ कि छंद वह सांचा है जिसमें ढल कर कविता दीर्घकाल तक जीवित रहती है।

आज के सोशल मीडिया और इंटरनेट के दौर में किताबों का महत्व

निस्संदेह घटा है। मुद्रित पुस्तकों की पाइरेसी बढ़ी है। दूसरी ओर,निरर्थक काव्यसंग्रहों की बढ़ती आबादी ने और उसके योजना-बद्ध प्रचार-प्रसार ने सही पुस्तकों तक पहुँचना भी दुष्कर कर दिया है।

तथापि, सामान्य पाठकों में छांदस हिंदी काव्य संग्रह को खरीदने और पढ़ने की ललक अभी बची है।यह विडंबना ही है कि कभी राष्ट्रीय स्वर बन्कर मुखरित होनेवाली हिंदी कविता आज इन छंदमुक्त कविताओं की लैंटाना झाड़ियों के वर्चस्व के कारण इतनी कमजोर हो गई है कि उसके आंगन में उर्दू की गजलें और नज्में फैलने लगी हैं। यह आज की सबसे बड़ी त्रासदी है कि उर्दू शेरो-शायरी हिंदी के बेस्टसेलर कविता संग्रह के नाम पर बाजारों में बेची जा रही हैं।और वह भी नामी-गिरामी अर्थ-पिशाच प्रकाशकों द्वारा। उनके विरुद्ध श्प्रलेकश जैसे प्रकाशन का डटकर खड़ा होना यह जताता है कि हिन्दी भाषा का साहित्य अभी हारा नहीं है।

मैंने 'प्रलेक' के माध्यम से अपना नया गीत संग्रह 'गीत उत्तरा फाल्गुनी' इसलिए प्रकाशित कराना चाहा कि इसके स्वामी श्री जितेन्द्र पात्र युवा हैं, संस्कारी हैं और स्वयं रचनाकार हैं। इस अवसर पर मैं उन सभी साहित्यिक बंधुओं के प्रति आभार व्यक्त करना चाहता हूँ, जिन्होंने 'रावण रथी विरथ रघुवीरा' के इस माहौल में भी मुझे प्राणवंत बनाए रखा।

बुद्धिनाथ मिश्र

वसंत पंचमी, 2025
देहरादून

अनुक्रम

हम कहते हैं राम

समय-शिला पर सूर्य-रश्मि से
लिखा तुम्हारा नाम
जग कहता, धरती की धड़कन
हम कहते हैं राम।
वामन से विराट तक सबका
जो है पालनहार
करुणासागर आर्तजनों का
दुखियों के आधार
मर्यादा की शिखर कल्पना
पाती जहाँ विराम।
सत्य, न्याय औ धर्म सनातन
के मृण्मय आदर्श
तुम हे श्रेष्ठ धनुर्धर, तुमसे
दीपित भारतवर्ष
पाकर मृदु संस्पर्श, बन गया
दंडकवन भी धाम।
मानवता के मानसरोवर के
स्वर्णिम जलजात
शुचिता की अंतिम जीवित
परिभाषा तुम हो तात
सारी पृथ्वी रामायण से
सर्जित विश्वग्राम।

राम जन्मभूमि

वैसे तो हर साल बरसता सावन था
अबकी सावन अमृत कुम्भ लेकर आया।

उमगी-उमगी फिरें अवध में सरयू जी
रामकथा अंकुरित अयोध्या में फिर से
वनवासी बाना उतरेगा राघव का
सीता कनक भवन में लौटेंगी फिर से
आँसू से भींगी धरती मुसकाएगी
उसका बेटा नया कल्प लेकर आया।

दुनिया ने देखा प्रभु को दंडकवन में
दुनिया देखे नये राम का नया भवन
असुरों का भ्रम टूट रहा धीरे-धीरे
नव जागृति का विश्व कर रहा अभिनंदन
होना है अभिषेक अवध के गौरव का
तिलक स्वयं नर-इन्द्र आज लेकर आया।

राम हमारे नहीं मात्र इतिहास-पुरुष
राम हमारी ऊर्जा हैं, उन्नायक हैं
उनकी जन्मभूमि है कुंजी संस्कृति की
जिससे चढ़ते प्रत्यंचा पर सायक हैं
कुरुक्षेत्र को कृष्ण दिया जिस भादो ने
वही भाद्रपद नया राम लेकर आया।

माँ दुर्गे!

रंगोली रचती सुकुमारी
अंगुलियाँ दिख रहीं अरक्षित
माँ दुर्गे! इन सभी करों में
सज्जित हों दिव्यास्त्र तुम्हारे।

पूजा भूल गए भलमानुष
घर में खड्गों के वारिस की
सता रहा है डर खंजर का
करें खुशामद यों जिस-तिस की
ये कुमारियाँ, ये कुलवधुएँ
पहले से असहाय अधिक हैं
इन्हें तुम्हारी भाँति मिले
देवों के अपराजित बल सारे।

पार कर रही लक्ष्मण रेखा
धरती की पुत्रियाँ छलित हो
संस्कारी प्रतिभाएँ मुरझातीं
जुलूस से पदमर्दित हो
भूखी-प्यासी, हारी हर संतान
चाहती माँ का आँचल
असुरों के नख-रद से घायल
हर कन्या माँ तुम्हें पुकारे।

हार रहा मानवता का दल
दानवता के घटाटोप से
पुत्र अदिति के बुझे-बुझे
दिखते अँधियारे के प्रकोप से
जब तक शक्ति-सम्बलित होती
नहीं धरा की हर कुलांगना
तब तक संविधान के पन्ने
हैं कागज के फूल हमारे।

उठकर देखो

भीतर मस्जिद, बाहर मठ का द्वार है
अवशेषों पर लिखी हमारी हार है।

गीता का उपदेश भूल बैठे जब हम
पीछे-पीछे चले तथागत के सब हम
यूपदारु को तोड़, अहिंसा के पथ पर
लगे मांगने भीख युवा पहने चीवर

क्षत-विक्षत हो गया तीज-त्योहार है
स्तंभ विष्णु का बना कुतुब मीनार है।

हम कनिष्क-ललितादित्यों के थे वंशज
कैसे बने वीर से कायर, हरि से अज!
कुछ भय से, कुछ लालच से, कुछ दिग्भ्रम से
हमने रिश्ता तोड़ लिया निगमागम से

ग्रह-ग्रहीत-सा सूर्यवंश बीमार है।
राहु-केतु का जनपद पर अधिकार है

गिरे ताड़ से, अटके अभी खजूर पर
लोकतंत्र की धरती अब भी दूर, पर
सपना नहीं, लक्ष्य है अपना रामपथ
सारे तम को चीर बढ़ेगा ज्योति-रथ

उठकर देखो, जाग रहा संसार है
आहत धर्म भर रहा फिर हुँकार है।

ललमुनिया चिरई

आ जाना ललमुनिया चिरई
तेरा घर कबसे है खाली।
छप्पर में घोंसला बना, जा
भूल कटे पेड़ों की डाली।

तुझको क्या मालूम कि कितना
रौनक है आँगन में तुझसे
आँखों से ओझल होती तो
पता पूछते हैं सब मुझसे

जितना चाहे उड़ ले नभ में
संझा को समेट ले पाली।

तुझे न जाना दफ्तर-वफ्तर
दिनचर्या तेरी मनमर्जी
कुछ खाकर, पीकर उड़ जाती
दे न कभी छुट्टी की अर्जी

मटके का जल गंगा-जमुना
बरगद-पीपल कुलू-मनाली।

वर्षा में भींगती, थिरकती
छिपती पत्तों के छातों में
यहाँ-वहाँ धूप में फुदकती
मौनी बन जाती रातों में

गा-गाकर तू खबर बाँटती
फूलों को जब तरसे माली।

तेरा सच, मेरा सच

तूने अपने झूठे सच को
टाँग दिया है ताज बनाकर
खुश है कितना, मेरे सच को
बंजर धरती में दफना कर!

भूल नहीं, मेरा सच अब भी
जिंदा है धरती के नीचे
देख रहा अपने कानों से
तेरा सर्कस आँखें मींचे
अभी जरा-सी करवट ली है
अभी जरा-सा मुँह खोला है
इतने में ही घबराया तू
कर सकता तो इसे मना कर।

मेरा सच पीली बरछी है
सूरज की, मेघों को चीरे
मेरा सच कटहल की आँठी
परतें फोड़े धीरे-धीरे
दुनिया भर के कूड़े लाकर
फेंक न इस पक्के महाल में
दंभ नकल का इतना कर मत
दम है अगर दिखा रचना कर।

चाहे जितना घटाटोप कर
और बजा ले शामिल बाजा
भेष बदलकर, नाटक कर
अर्दली न बन जाता है राजा
अपनी शान दिखा औरों को
डींग हाँक मत चौराहे पर
बेच रहा तू बिग बजार में
फुटपाथों का माल उठाकर।

आत्मनिर्भर भारत

इंडिया के मकड़जाले तोड़कर
आत्मनिर्भर आज फिर हो जाय भारत।

क्या कहें दुर्भाग्य का
शैतान को भगवान समझा
और उनके वाक्छल पर
कर लिया था हम गँवारों ने भरोसा
क्या कहें दुर्भाग्य का
आजादियों का रूप धरकर
उस गुलामी ने हमें कितना
अमृत के नाम पर विष ही परोसा
आज समझा, धूप क्या है
तमस क्या है
और क्यों है धर्म का पर्याय भारत।

जब न था, या जब न होगा
पंथ कोई भ्रांतियों का
तब सनातन धर्म का संकाय होगा
रक्त-रंजित आत्महंता संप्रदायों की
गलित सैकत-शिला पर
करवटें लेता नया अध्याय होगा
जब उदास, निराश होकर
बैठ जाते मनुज सारे
खोजता है तब अचूक उपाय भारत।

पात झरे

पात झरे
देखकर उदास नहीं होना मन
दिन फिरते ही फिर
सज जाएँगे नये, हरे।

यह पतझर भी बहुत जरूरी है
जीवन में जी हलका करने को
पंछी को, पंथी को हो निराश
कुछ दिन को छाया से टरने को

पात झरे
फैलाकर अपनी नंगी बाँहें
धूप-वृक्ष करते तप
रहने को हरे-हरे।

जिनके रिश्ते आतप सूरज़ से
उनको परवाह नहीं मौसम की
जो पलाश-धर्मी हैं, सुनते कब
जंगल में गर्म हवा की धमकी

पात झरे
फटी हुई धरती पर
जीर्ण-शीर्ण द्रुमदल से

जाएँगे वक्त भरे।

तुम्हें शपथ, मत उदास होना मन
कठिन पहर आहिस्ता जाने दो
भींगोगे तुम सर से पांव तलक
उमड़-घुमड़ सावन को आने दो
पात झरे
मदमाती कालिंदी के तीरे
फूलेगा नव कदम्ब
वंशी-रव अधर धरे।

बनजारा मन

सिर पर बादल
आँखों में कंदरा लिये
घूम रहा है जन्मों से
बंजारा मन।

नींबू के फूलों की गंध
लगी बेहतर
उसे कमल से
तो इसमें उसका क्या दोष?
जिन कलशों को गढ़ा
चाक पर पंडित ने
उन्हें प्रजापति के
कौशल पर है अब रोष

इसके आगे
मरी हुई भाषा मत बोल
दिया रात का
और भोर का तारा मन।

सदियों कुचली-दबी पीर
सिर उठा रही
नये समय की हीर
इबारत मिटा रही

मंदिर के भग्नावशेष की
अकथ कथा
धर्मांतरित विवशता
गर्दन कटा रही।
शमी वृक्ष की आग
सुलगने को आतुर
जाने कब बन जाय
स्वयं अंगारा मन।

पतझर बीता, नव
वसंत के रंग खिले
महुआ वन में
झरता हुआ अभंग मिले
अभिमंत्रित नारायण
अस्त्र जगे फिर से
श्रद्धा के आँगन में
उगते व्यंग मिले
टूटा-सा परिवार
जुड़ गया बिना कहे
घर का पुनर्पाठ
पढ़ता आवारा मन।

यह पदचिह्न तुम्हारा

लिपे-पुते मेरे आँगन में
यह पदचिह्न तुम्हारा ही था
खुशबू मेंहदी का बिखेरता
तलवा रंग महावर वाला।

इतना ध्यानमग्न क्यों मैं था
सुन न सका सुहाग के नूपुर
आकर बरस गयी थी बदली
बाँच रहे हैं कथा नवांकुर

कहाँ तुम्हारा पाट-पटम्बर
कहाँ हमारा यह मृगछाला!

कभी-कभी सपने-सी लगती
धड़कन-धड़कन आवाजाही
एक सुरंग हवा में बनती
जब हो जाती सख्त मनाही

चारों ओर घेर कर बैठी
घूंघट-लाज, चाँद का हाला।

आहट मन को मिल ही जाती
कितना भी आकर छिप जाओ
छायाओं की रीति अनोखी
वही दिखेगा, जिसे छिपाओ

रँग जाता कोरा कागज भी
हो जाता जब मन मतवाला।

ड्राइंग रूम

नए फ्लैट के ड्राइंग रूम में
एंटिक पीस दिया आले का।

कुछ चीजें जो व्यर्थ ढो रहीं
सदियाँ देखे नाम पुराने
चाँदी की हँसुली का तोड़ा
तुलसी की माला के दाने

शीशे मढ़ा अधूरा सपना
पाटी पर लिखनेवाले का।

कुछ तस्वीरें बुझी चिलम-सी
कुछ पवित्र अनछुई किताबें
तेज बल्व रोशनी लतरती
कलमबंद टूटी मेहरावें

वन की पगडंडी तक जाता
लटका छोर मिरगछाले का।

एक नजर देख ले अतिथि तो
फूली नहीं समाती नरगिस
हर कमरे पर नाम किसी का
एक यही कमरा लावारिस

इंतजार करता है हफ्तों
यही कक्ष आनेवाले का।

बहुत दिनों के बाद

बहुत दिनों के बाद
आज बाहर निकला।
जो भी देखा, सब
पाने को जी मचला।

बाहर की दुनिया देखी
हलचल देखी
पटरी पर दौड़ती
रेल एकल देखी।

ठहरी हुई घड़ी का
दिल यों धड़क उठा
जमी झील का पानी
जैसे बह निकला।

जाम हुए जीवन ने
सरपट गति देखी
भय की छाया में
कीलित संप्रति देखी

धुली-धुली सी देह
सयानी धरती की
हरा-भरा जंगल, पर्वत
उजला-उजला।

पिंजरे वाले हैं चिंतित,
क्या होगा कल
खेतों से सीमा तक
लेकिन चहल-पहल

बहुत अकेलापन झेला
घरबंदी में
दौड़ रहा बादल पर
अब यह मन पगला।

जब माटी का दीप जलेगा

सूर्य अस्त है, चंद्र तिरोहित
नक्षत्रों से तम न मिटेगा।
मावस भागेगी धरती से
जब माटी का दीप जलेगा।

आयातित विज्ञान अतिथि है
उसकी ज्योति किराये वाली
घर-आंगन को दीप्त करेगी
तुलसी मानस की अर्धाली

खोदें उर्वर भूमि मंत्र की
ऋषियों का अवदान खँगालें
ज्योतित मन्वंतर, वैवस्वत
परिपाटी का दीप जलेगा।

सावधान, आँधियाँ तमस की
घेर रही पूरे जनपद को
वृत्रासुर की संतानें दे रही
चुनौती सुरपति पद को

ऐसे में उद्घोष शंख का
दीपक राग जलाए मन में
हिमशिखरों से उतर सिन्धु,
हल्दीघाटी का दीप जलेगा।

तम तो स्थायी भाव सृष्टि का
दीपक अपने वश का दिनकर
तारावलि से दीपावलि तक
ज्योति अवतरण हो भूतल पर

मंदिर का आरती-दीप तो
जलता ही है साँझ-सबेरे
तभी मने आलोक पर्व, जब
चौपाटी का दीप जलेगा।

बैरागी भैरव

बहकावे में रह मत हारिल!
एक बात तू गाँठ बाँध ले
केवल तू ईश्वर है
बाकी सब नश्वर हैं।

ये तेरी इन्द्रियाँ, दृश्य,
सुख-दुख के परदे
उठते-गिरते सदा रहेंगे
तेरे आगे
मुक्त साँड़ बनने से पहले
लाल लोह-मुद्रा से
वृष जाएँगे दागे

भटकावे में रह मत हारिल!
पकड़े रह अपनी लकड़ी को
यही बताएगी अब तेरी
दिशा किधर है।

यह जो तू है, क्या वैसा ही है
जैसा तू बचपन में था?
कहाँ गया मदमाता यौवन
जो कस्तूरी की खुशबू था।
दुनिया चलती हुई ट्रेन है

जिसमें बैठा देख रहा तू
नगर-डगर, सागर, गिरि-कानन
छूट रहे हैं एक-एक कर।

कोई फर्क नहीं तेरे
इस ब्लैक-बॉक्स में
भरा हुआ पत्थर है
या हीरा-कंचन है।
जितना तू उपयोग कर रहा
मोहावृत जग में निर्मम हो
उतना ही बस तेरा धन है।

एक साँस, बस एक साँस ही
तू खरीद ले
वसुधा का सारा वैभव
बदले में देकर!

अविनाशी काशी

चिरजीवी अविनाशी काशी
करवट बदल रही है
सदियों बनी अहिल्या फिर से
हिम-सी पिघल रही है।

गलियों में गूँजे फिर 'हरहर
महादेव' के नारे
गंगा मैया के पूजन को
घाट सज गये सारे

कितनी पास हो गयी गंगा
बाबा के मंदिर से
इसी सुनहरे दिन की खातिर
कबसे विकल रही है!

गाँवों की पगडंडियाँ
राजपथ बन-बनकर इतराएँ
सावन में कजरी, फागुन में
गीत रंग के गाएँ
वन से घाट, घाट से
महलों तक विकास की सीढ़ी
बटुकों के स्वर में मुखरित
ऋषियों की वेद-ऋचाएँ

अमृत महोत्सव मना रहा
काशी का कोना-कोना
मंदिर की शापित प्रतिमाएँ
करुणा उगल रही हैं।

हैं उदास कुछ पानदरीबे
हैं विवर्ण विजयालय
छात्र और आचार्य गँवाये
जीर्ण-शीर्ण विद्यालय
बच जाए काशी में काशी,
बीज बचे विद्या के
एक तमन्ना यही आजकल
फिर से मचल रही है।

आग-पानी

नहीं तुमको मिलेगा कुछ भी
इस मेरी कहानी में
अगर तुम जिंदगी को छू न पाये
आग-पानी में।

ये कैसी बांसुरी बजती है
आधी रात में तनहा
जिसे सुन बेसुधी में
गाँव सारा हो गया खाली।
तड़पती रह गयीं कुलदेवियाँ
खूँटे बंधी गायें
नदी-तट बैठ गिनती है
लहर के घाव पांचाली।

यहाँ दीवानगी है सूफियों की
हर तरफ पसरी
तुम्हें पीड़ा मिलेगी सिर्फ
मीरा राजरानी में।

मुरेठा है न छाता ही,
न पौसारे कहीं मिलते
अजब-सी आग लेकर धूप
चन्दन-वन चली आयी

बहुत दिन हो गए पूछे हुए
चातक चिरैया से
तुम्हारे गाँव मनरेगा की बदरी
क्यों नहीं छायी!

कँटीली झाड़ कुसुमों की
बुलाती काल बैसाखी
उचटती नींद, झरते स्वप्न
नाचें गंगनानी में।

हे जनमेजय!

हे जनमेजय,
नागयज्ञ है अभी अधूरा।
स्वाहा का क्रम रोक न,
जबतक हो यह पूरा।

सदियों बाद मिला है कोई
शूर धनुर्धर
सदियों बाद चढ़ी प्रत्यंचा
का गूँजा स्वर
हे जनमेजय,
धरती पटी पड़ी सर्पों से
नाच दिखा तू
ज्यों सावन में
नाचा करता मत्त मयूरा।

राष्ट्र व्यथित है
कौरव-कुल के षड्यंत्रों से
काट व्याल के पाश
नए तारक मन्त्रों से
मूँछ पिजाते तिलचट्टों के
संग जंग में
घर में रह पाए न
एक भी कानखजूरा।

तमस गुलामी का भय से
चढ़ गया क्षितिज पर
भू पर एक अकेला तू
ज्यों नभ में दिनकर
राहु-केतु हैं नव जातक के
शत्रु-गृहों में
सावधान, फिर गिद्धदृष्टि में
है कंगूरा।

मन तो मन है

तुमने कहा-मुझे मत छूना
मान लिया मैं।
सोच रहा हूँ-
मेरी जगह अगर तुम होती!

कलप-कलप कर कहती
अपनी करुण-कथाएँ
दुखती हुई रगों की
नीली पड़ी व्यथाएँ
मेरी निष्ठुरता को
कोस रहा होता जग
गढ़ दी जाती मुझपर
सामन्ती गाथाएँ

मैं अपनी खोली में गुपचुप
उकड़ूँ बैठा
देख रहा होता सूखी
सीपी में मोती।

प्रश्न किया था मैंने-'क्यों'
उत्तर-'मेरा मन'
कह न सका मैं तुमसे
'मेरा भी तो है मन'

पहल तुम्ही ने की थी
बड़ी-बड़ी आँखों से
मैं राही था, रुक-सा गया
देख घर-आँगन

कितना दिया उड़ेल प्यार
तुमने निर्झर-सा
लोकलाज तज खुद को
मुझमें रही पिरोती।

मानूँ कैसे इज्जत
सिर्फ एक की गुरुतर
धागा वही-भले हो धोती
या हो आँचर
फिर क्यों शीशे-सा नसीब
मैंने ही पाया
जो चाहे तोड़े पल में
कर से उछालकर

देह तुम्हारी जितनी पावन
उतनी मेरी
मन तो मन है, तन से
लेता नहीं फिरौती।

अमलतासी पहर

रात के पिछले पहर
जो छू गए वे हाथ
चुनते फूल हरसिंगार के।
गुनगुनाते रहे टेसू-गीत
दिन भर हम शरद में भी
महकते प्यार के।
टहनियों में छंद जैसे बँधे
कलमी आम थोड़े अधपके-से
छाँह में सुस्ता रहे हैं
अश्वमेधी यज्ञ के घोड़े थके-से
गंधमादन गिरि-शिखर से घाटियों तक
गूंजते ज्यों हव्यवाहन शब्द मंत्रोच्चार के।
चाँदनी के गात पर है लेप जैसे
मलय चन्दन का मनोरम सुरभि-शीतल
एक ही संदूक में है बंद सारी
राशियाँ, ऋतुएँ, दिवस, पल
सिंधु-तट की सुर्ख गीली रेत पर हैं,
नहीं पड़ते पाँव सोच-विचार के।
नील की टिकिया घुले जैसे अपरिचित
नीर में होकर विलम्बित
एक क्षण का शंख-सीपी मिलन भी
घुलता रहा मन में गिलौरी पान-सा नित
ओढ़ लम्बी अंतरा सोया शरद का चाँद
दूर खिलते हैं अमलतासी पहर अभिसार के।

सूरज अपने पास बहुत है

सोचो तो कोहरे-बादल से
सूरज अपने पास बहुत है
देखो तो गणतंत्र दिवस में
अबकी रंग-उजास बहुत है।

टूटा मौन त्रिनेत्र रुद्र का
टूटी संधि ज्योति की तम से
दिग्भ्रम के कीड़े जहरीले
दो-दो हाथ कर रहे यम से
दूर भानु से, भानुमती का
कुनबा आज उदास बहुत है।

नहीं चलेगी ठकुरसुहाती
नहीं चलेगा ढंग पुराना
जन-धन सँवरेगा डिजिधन से
नयी दिशाएँ, नया तराना
काशी-करवट लेगा वह, जिस-
का काला इतिहास बहुत है।

यह पतझर है अग्रदूत
जीवन में आते नव वसंत का
यह उत्सव है विजयी विश्व
तिरंगावाले प्राणवंत का
जीवन-ज्योति जलेगी जग में
आशा से विश्वास बहुत है।

देहरी पर नागिन

पहर पहर पर बुरी खबर
बरगद को तोड़ गयी है
हर घर की देहरी पर नागिन
केंचुल छोड़ गयी है।
एक परीक्षित घर में,
सौ तक्षक हैं घेरा डाले
चारों ओर हवा पर पहरा
दें मकड़ी के जाले
मरने की दहशत जीने के
रुख को मोड़ गयी है।
होठों पर हैं नाम इष्ट के
मन में चोटिल आशा
कोरोना संग जीना जैसे
पानी संग बताशा
निर्मोही आँधी, पीपल की
बाँह मरोड़ गयी है।
बुझते दिये घरों के
दे जाते अवसाद घनेरे
कटे हुए जंगल जैसे
घायल सवाल बहुतेरे
गाँठ-गाँठ का रस सौतेली
मौत निचोड़ गयी है।

डर लगता है

जो कहते थे, डर लगता है
उनकी जेहादी जमात से
अब तो हमको डर लगता है।

भारी पड़ी सदी हम पर
बापू-चाचा का धोखा खाते
सदियों कैसे जिया पितर ने
बेर-केर का संग निभाते
बेमौसम घिरते बादल से
संसद में बढ़ते दलदल से
रिश्तेदार शकुनियों के पासों से
हमको डर लगता है।

डर लगता है अपने कुल के
अधकचरे ज्ञानी लोगों से
दूषित और संक्रमित मन के
कोरोना जैसे रोगों से
तिल को ताड़ बनाने वाले
भेड़ों को बहकाने वाले
बददिमाग भी, बदजुबान भी
जो हैं, उनसे डर लगता है।

जिनको नफरत है जीवन से
सदा मौत के सौदागर जो
पलक झपकते बड़ी क्रांति को
भ्रांति बना दे जादूगर जो
चिनगारी थोड़ी है, लेकिन
सूखे हुए पुआल बहुत हैं
स्वारथ की रोटियाँ सेंकते
शैतानों से डर लगता है।

डर लगता है कुरुक्षेत्र में
कर में कमल धरे अर्जुन से
डर लगता है लाक्षागृह औ'
चक्रव्यूह रच रहे पिशुन से
चूर मोह-मद में विनाश का
निशदिन जो करते आवाहन
मरते कुर्सी के हूरों पर
उन बंदों से डर लगता है।

जिनकी आँखों में

जिनकी आँखों में जागते सपने
उनकी आँखों में नींद भी सपना।
जिनके अंतर में मेघ घहराया
उनको क्या है पराया, क्या अपना!

जेठ की धूप माँगती छतरी
पूस की रात माँगती है अलाव
मृग मरेंगे मरीचिकाओं से
वह मरुस्थल हो या कि दुर्गम दाव

एक कहावत का आह-सा भरना
और अनजान झील का कँपना।

चंद बिरवे सँवर के बढ़ते हैं
सब गये भूल साँस भी लेना
फूल खिल जाएँ सूखी डालों पर
सबके वश में नहीं है फल देना

मुश्किलें हैं बड़े-बड़ों को भी
पड़ता है उनको भी यहाँ नपना।

गौर से देखना वहाँ पर भी
था कभी मंदिरों पे ताज जहाँ
जग गया राम का धनुष घायल
घूमता कृष्ण-चक्र आज वहाँ।

वेदना की घटा गरज उठती
जब है बढ़ता समुद्र का तपना।

बेला संशय की

उधर कतारें दुर्योधन की
इधर धनंजय की
कुरुक्षेत्र को सता रही हैं
चिन्ताएँ जय की।

चक्रव्यूह फिर रचे जा रहे
कौरव शिविरों में
कैसे जंग लगे मारक
अर्जुन के तीरों में
ऋषियों के वंशज संधानें
विधि सूर्योदय की।
वे सच बोलें, दिव्यदृष्टि
लेकर फिर संजय की।

हँसी-खेल में राजयक्ष्मा
का इलाज सपना
संबल लेकिन बहुत बड़ा है
राष्ट्रधर्म अपना
जीत उसी की होगी, जिसने
सही दिशा तय की
वरना गुरुकुल से ज्यादा
संख्या मदिरालय की।

दुख कैसा, यदि सूरज सोखे
धरती का पानी
कई गुना कर लौटाएगा
हो बादल दानी
खो न सकेंगी गर्दभ-रव में
आवाजें हय की
सावधान बस रहें कि यह
बेला है संशय की।

जलियाँ वाला बाग में

जिसको हमने समझा अपना भारत भाग्य विधाता
जिसको कहा हुलसकर हमने-'स्नेहमयी तुमि माता'
उसने ऐसी होली खेली जलियाँ वाला बाग में
भारत जलकर लाल हो गया बैसाखी की आग में।

नयी फसल काटकर खुशी से झूम रहा पंजाब था
गिद्धा के संग नाच भांगड़ा उड़ने को बेताब था।
बैसाखी था पर्व खुशी का, त्याग और बलिदान का
जिस दिन गुरु गोविन्द सिंह ने पंथ चलाया खालसा।

सिख संगत वह नयी किस्म की, जुटे हजारों वीर थे
कुछ थे भाला-बरछी कद में, कुछ नावक के तीर थे।
अमृतसर में कर्फ्यू की जंजीरें तोड़ीं शान से
भारत माँ प्यारी थी उन वीरों को अपनी जान से।

बैसाखी का मेला था वह, मन में गजब उछाह था
हर मंदिर साहिब से बढ़कर उसका कौन गवाह था!
केसरिया रँग रँगे बाग में जन-गण-मन का रास था
नया पंख खोलते नए भारत का नव उल्लास था।

लेकिन क्रूर फिरंगी के मन में विचित्र षड्यंत्र था
उसे सुहाता नहीं देश का जागृत तारक मन्त्र था।
उसने तानी बंदूकें औ घेरा पूरे बाग को
देखा सबने सहम अचानक सिर पर काले नाग को।

अधम फिरंगी निर्मम होकर लगा चलाने गोलियाँ
बिछने लगीं धरा पर क्षत-विक्षत लोगों की टोलियाँ।
तड़तड़ तड़तड़ चली गोलियाँ इकतरफा त्यौहार पर
अब भी उनके चिह्न बचे हैं हतभागी दीवार पर।

कुछ ही पल में हताहतों से पटी धरा रंगीन थी
संतानों का हाल देख भारतमाता गमगीन थी।
तड़प रहे थे बूढ़े-बच्चे, माँ-बहनें, बेटे-भाई
बिना लड़े जो खेत रह गये, तड़पी उनकी तरुणाई।

मरे-अधमरे लोगों से भर गया शहीदी कुआं वहां
पत्थर को पिघला देती थीं चीख-पुकारें जहां-तहां।
हर मंदिर साहिब के आगे तड़प रहे पांचों प्यारे
सोनित से रँग गए ग्रन्थ साहिब के ज्यों पन्ने सारे।

जलियाँ वाला बाग हुआ घायल, बिफरी भारत माता
इंकलाब के नारों से भागा नकली दुःखत्राता।
शर्मसार हो गया सभ्य मानव समाज उस घटना से
भारत की आजादी ने करवट ले ली दुर्घटना से।

कविगुरु ने लौटायी पदवी, डोली कुर्सी रानी की
जालिम के जुल्मों की हद थी, भौंहें तनी भवानी की।
बीजारोपण हुआ उसी दिन नव सपनों का भारत में
लन्दन वाली सत्ता का डर बदला तभी हिकारत में।

लंदन जाकर ऊधम सिंह ने बदला लिया धमाके से
लगे फूटने बम विप्लव के, भगा फिरंगी नाके से।

एक सदी बीती, पर अबतक जख्म हरी है बाग में
रोली जैसी दिखती माटी अबतक जलियाँ बाग में।
इसका चन्दन करो भाल पर, माटी यह बलिदान की
आजादी की वेदी है यह सारे हिन्दुस्तान की।

देश हमारा

ये हमारा देश, हमारा है
हमें जान से भी ये प्यारा है।

ये चमन है जिसमें बहार बनके
हजार रंग के गुल खिले
ये वो सरजमीं है जहाँ पे दिल से
भजन अजान गले मिले

जो थी भटकी खुद की तलाश में
उन्हीं कश्तियों का किनारा है।

ये दिया है इल्मो उमीद का
जो अमावसों में जला करे
ये गुहर है सारे जहान का
जो सदफ में गम के पला करे

ये वो ख्वाब है जिसे चाँदनी के लिए
जमीं पे उतारा है।

ये वतन है उनका, लहू से जिनके
हुआ है वक्त सहर-नुमा
ये वो आशियाँ है जहाँ हमेशा
पनाह लेती रही हुमा

ये वतन नहीं, इक साज है
जिसे बुलबुलों ने सँवारा है।

बापू

जन-गण के जागरण-दूत हो
नव स्वतंत्रता के दानी
घोर निशा में बनकर आये
सत्य अहिंसा की वाणी।

विप्लव की चिनगारी बनकर
हमें जगाती रहती है
सत्याग्रह वाली मोड़ों पर
बापू तेरी कुर्बानी।

श्रद्धा के मणिदीप चिरंतन
तू संतों की गुरबाणी
देखके तेरा तेज, फिरंगी
आग हुई पानी-पानी

तेरे तप से दमक रहा है
अपना भारत अग-जग में
नमन तुझे करता है बापू
तेरा भारत बलिदानी।

कालिदास के लिए

नकली सूरज वाले
माढव्यों का दिन है
कालिदास के लिए
सृजन-पथ बड़ा कठिन है।

कमल झील पर कब्जा है
अब सेवारों का
मन्त्रों के घर पर
अधिकार हुआ नारों का
जब-तब निकला करता
अफवाहों का जिन है।

मरी धूप में धूम मचाती
सर्द हवाएँ
घुटने मोड़ नहीं पाती हैं
वृद्ध दिशाएँ
पात झरे नीमों के,
कीकर हुआ गझिन है।

कहने लगे, सुहाने हैं ये
ढोल दूर के
ठगे-ठगे से वन हैं
चंदन के, कपूर के
कितना बेकल आज
रसप्रिये, मन तुम बिन है!

लद गये दिन

छोड़ कर लिखना सुनहरे गीत
आओ लिखें नारे।

प्रेम के, अनुबंध के दिन
लद गए हैं
शोर करने काफिले
संसद गए हैं

पी गए मीठी नदी का नीर
सब ये सिंधु खारे।

फेंक सारी चिट्ठियों को
डस्टबिन में
रात के सब काम
होने लगे दिन में

ढूँढ मत इस मॉल में
देहात की पुरवा हवा रे!

प्रेम की, सौंदर्य की
बातें अजूबा
हो गई है चाँदनी
रातें अजूबा

दौर यह ऐसा अजूबा है
कि तम से सूर्य हारे।
छोड़कर लिखना सुनहरे गीत
आओ लिखें नारे।

कोहराम

रोम की नागिन
राम का अंडा खाएगी
पीकर लहू हमारी
प्यास बुझाएगी।

बाना यह तापसी
जाल है मकड़ी का
जो जाएगा पास
उलझ मर जाएगा
सिंहों को आचरण
सिखाकर भेड़ों का
टुकड़े-टुकड़े काट
उन्हें खा जाएगा

या तो गहो सलीब
या झुको सजदे में
छाप-तिलक सब छीन
जिबह करवाएगी।

हम सनातनी, जान नहीं
पाये अबतक
सिंहासन से बड़ी हवस है
मजहब की।

एक ब्लेड नसकट
दूजी खूनी खंजर
खैर माँगते चक्रव्यूह में
हम सब की।

दूर-दूर तक बनी
सुरंगें इसकी हैं
जान-माल सब
कल पीहर ले जाएगी।

रामजी की पढ़ाई

कुटाई पिटाई ठुकाई तुड़ाई
इन्हीं से हुई रामजी की पढ़ाई।

जरा-सी शरारत पे बनते थे मुर्गा
छड़ी थी हरे बाँस की काली-दुर्गा
पहाड़ा जो भूला, पड़ी बेंत ऐसे
लगे याद आने बुजुर्गी-बुजुर्गा।
हरेक बात पर दोस्ती औ लड़ाई।
हरेक बात पर छिन भी जाती चटाई।

किसीके निकर औ कमीजें फटी थीं
वो टायर की चप्पल की एड़ी कटी थी
धरी होती बस्ते में बस स्लेट-पिलसिंग
किताबें नहीं थीं, किताबें रटी थीं
कुदालों से, खुरपी से खेती गुड़ाई
बड़ा पेड़ बनने की वह थी पढ़ाई।

कलम एक सरपत की आती थी बनकर
दमकते रहे मोतियों जैसे अक्षर
गुरूजी का रुतबा था बस्ती में ऐसा
पिताजी भी आते नहीं स्कूल डरकर
हरेक घर से देती सनिचरा थी माई
उसीसे गुरूजी ने जिनगी निभाई।

वही दौर था जब गुलामी थी तनपर
मगर धूप ही धूप बिखरी थी मनपर
रहे जितने बाजार से दूर गुरुकुल
रहे उतने हम आचरण से भी सुंदर
बनी जबसे शिक्षा भी काली कमाई
तभीसे हुए हम नकलची हैं भाई।।

भारत यह सौ बार करेगा

मार करेगा, वार करेगा
भारत यह सौ बार करेगा।
भूल चुका गजनी का हमला
सोमनाथ उठ खड़ा हुआ है
फाड़ेगा अतीत के पन्ने
जिनको पढ़कर बड़ा हुआ है
खोटे गजनी-मित्रों को अब
तहस-नहस परमार करेगा।
यह जो बढ़-बढ़कर बातें
करते हैं मन के काले बादल
रोक नहीं पाएँगे सूरज
के रथ को बनकर बड़वानल
संयम, मौन, अहिंसा सबका
त्याग नया अवतार करेगा।
अबतक देखे संधि-पत्र ही
अब देखो यह विष्णु स्तंभ है
वे सारे गढ़ ढह जाएँगे
जिनका तुमको बड़ा दंभ है
मातृभूमि के कण-कण पर
अब यह बल से अधिकार करेगा।

शब्दविलासी

सत्यानाशी, शब्दविलासी
मुक्त नहीं उन्मुक्त छन्द का
बीड़ी-छाप धुआँ सुखरासी।

गाजर घास विषैली फैली
नगरी-नगरी गली-गली में
मरुथल से कैलास शिखर तक
घूमें घुसकर मूँगफली में
सूर-तुलसिया फेल हो गये
उसके लँगड़-गद्य के आगे
गर्म जलेबी पर हँसता है
फ्रिज का सड़ा कलेबा बासी।

छन्दहीन कविता है जैसे
निर्वसना रूपसी अमंगल
उपवन की चाहत में आखिर
क्यों वह उगा रहा है जंगल!
बौना है, सरकस में जाए
या फिर घूमे लखचौरासी।

चलता बाँह चढ़ाकर जैसे
अभी तोड़ देगा महलों को
उसकी सत्ता बुला रही है

ब्राह्मणपारा के दहलों को
उसके अंकगणित में होता
सत्तावन से कम सत्तासी।

विमान

धरती के ऊपर बादल है
बादल के ऊपर उड़ता है
मानव का विज्ञान।

सूरत परदादा पुष्पक-सी
शक्ल बड़ी रोहू मछली-सी
लंबे-चौड़े पंख हंस-से
नील गगन की शान।

बिना पंख के, बैठ सीट पर
झाँक रहा खिड़की से भू पर
पक्षिराज को धूल चटाते
पहुँचा हिन्दुस्तान।

रात हमारी बात न माने

दिन बनकर हम क्या कर लेंगे
रात हमारी बात न माने
उसकी जिद का क्या जो घर की
छाती पर ही तंबू ताने।

जो धीवर को ही उतार दे
उस नौका की गति क्या होगी
बिना चिकित्सक की सलाह के
खाने लगा दवा है रोगी

सारी दुनिया लोहा माने
लेकिन अपनी जात न माने।

बजता तो है सच सरोद-सा
लेकिन शोर झूठ का ज्यादा
घुड़सवार के घोड़े से चिढ़
पत्थर मार रहा है प्यादा

संविधान के निर्देशों को
भूतों की बारात न माने।

एक कमासुत, सौ जाहिल हैं
जहाँ, वहाँ की बात जुदा है
टाँग खींचनेवाले बंदों के
भीतर जज्बात जुदा हैं

संकट में संतों का आश्रम है
जो दिन को रात न माने।

यह दीवारों का जेवर है*

आड़ी-तिरछी रेखाओं का
अपना मतलब, अपना स्वर है
पाटी पर भारी दीवारें कहतीं-
यह बच्चों का घर है।

ये पुरखों की आदिम लिपियाँ
इनका अर्थ गुनो
ये भविष्य की आवाजें हैं
कानोकान सुनो

पहली कड़ी सृजन की ये हैं
इन्हें मिटाना सख्त मना है
तारे-पेड़-नदी-जंगल-चिड़िया-
गुड़िया इनके अन्दर हैं।

बच्चों की अनगढ़ी अजन्ता
जिस घर में उतरे
उस अकूत वैभव पर
सौ-सौ यक्ष कुबेर मरे

खुले खजाने हैं बचपन के
लड़ी बुजुर्गों के जातक की
नयी उमर की छोटी-सी

जागीर देख कुढ़ता गब्बर है।

बीज-रूप ये नये कल्प की
नयी ऋचाओं के
भीमबैठका में पनपी
हेमन्त लताओं के

यह किलकारी भित्तिचित्र की
फूलों की घाटी, देहरी पर
पाणिनि या हुसैन से पूछो
यह दीवारों का जेवर है।

**दीवारों पर पोती बिहू की चित्रकारी देखकर*

एक हारिल

फेंक कविता की लकड़ियों का पुलिंदा
आत्महत्या पर तुला है एक हारिल।

गाँव से भागा, घुटन-सा था वहाँ पर
जिंदगी फुटपाथ वाली ही बदी थी
रास आया कुछ न उस निर्धन कलम को
हर जगह उसके लिए बस त्रासदी थी

पोथियों में ब्रह्मराक्षस अनगिनत थे
बर्फ के घर में जला है एक हारिल।

क्या शहर, क्या गाँव है सर्वत्र फैला
यह करोना वायरस नारायणी है
बंद हैं अपने घरों में मित्र सारे
आदमी इस दौर का कितना ऋणी है

दूरियाँ नजदीकियों से आज बेहतर
फासला रख कर चला है एक हारिल।

हर तरफ कुरखेत वाले दृश्य दिखते
मौत की खबरें बुरी आकर डराती
नाश का संकल्प ले बहती हवाएँ
नाव लेकर आंधियाँ उस पार जाती

चैत का वह चाँद भी पीला पड़ा है
भोर बन सूरज ढला है एक हारिल।

मन सवर्ण-सा

बहुत दिनों तक अड़ा रहा
अपने गौरव पर
मन सवर्ण-सा
धीरे-धीरे हार रहा है।

जिन देवों के होने से
सदियाँ सँवरी थीं
उन देवों के ना होने की
बात चली है
बादल के तहखाने में
चंद्रमा चुराकर
दिग्विजयी-सी तारों की
बारात चली है

जन्मों-जन्मों जिसे
सहेजा कस्तूरी कह
रश्मिरथी वह कुंडल
-कवच उतार रहा है।

तालाबों में खिले कमल से
डाह कर रहे
नीलकुसुम जलकुंभी के
फैले दिगंत में

टूट रहा हौसला
सभी संवादी स्वर का
नई संधियाँ पनप रही
हैं आदि-अंत में

कितनी पीड़ा सही
बासुकी ने मंथन में
असली साक्षी तो
पर्वत मंदार रहा है।

बड़ी शिकायत है अबकी
विषधर साँपों को
मिलती नहीं सुगंध उन्हें
शीतल चंदन में
हाथ पाँव के श्रम को
पद्मश्री मिल जाती
मस्तक रहा उपेक्षित
इस पद के वंदन में

फिर न मिलेगी वेगवती
नदियाँ, सुरम्य वन
पुनर्नवा का सूखा लहू
पुकार रहा है।

पेट अकेला नहीं

सड़कें लाती हैं विकास, पर
रोटी देता खेत है
बिना खेत के महल-अटारी
धूप चमकती रेत है।

झूठी शानो-शौकत लेकर
साहब बड़े तबाह थे
कोरोना के एक डोज में
रंक हुए हर शाह थे

जिनके पाँव नहीं पड़ते थे
कभी जमीं पर भूल से
उनकी पीठ कहे, कैसे
पड़ती कुदरत की बेंत है।

मुट्ठी भर की आवश्यकता
चुटकी भर सिंदूर-सी
इतने भर के लिए जिंदगी
कितनी है मजबूर-सी

पेट अकेला नहीं, बीच में
नाभि, चेतना की वापी
जीवन की पहली सूची में
रोटी कमल समेत है।

घर बैठो, घरवालों के संग
बातें कर लो प्यार से
प्रीति लगा लो चाहे जितनी
निभती है दो-चार से

उड़ लो नभ में किंतु करोगे
रैन बसेरा डाल पर
मन की शांति और अपनापन
देता यही निकेत है।

महिमा चुप रहने की

छूट गई भाषा अदृश्य की,
अकथ कथा कहने की
बकते-बकते भूल गए हम
महिमा चुप रहने की।

बकवासों से पटी पड़ी हैं
लोकतंत्र की द्यूत सभाएँ
अपनी बात सुनाने भर को
गला फाड़ बहरे चिल्लाएँ

सबने सीखी कला, भीड़ की
धारा में बहने की।

जो चुप हैं, उनकी पीड़ा
अनदेखी रह जाती है
सुख के दिन, दुख की रातें
अनकहे निबह जाती हैं
कुश की अंगूठी को भी
अब है चाहत गहने की।

जिसको नहीं पता, क्या बोले
वही बोलता जबरन
वाग्विलास उसका ही बनता
अखबारों की कतरन

गीता और रमायन की
बारी है अब सहने की।

असहिष्णु

चुप थी गंगा सदियों से
तो बड़ी भली थी
लगी बोलने जब से
दुनिया है अचरज में।

कितना बड़ा अनर्थ
हो रहा है भूतल पर!
दासी देती है जवाब
जाने किस बल पर?
उसकी हिम्मत!
रवितनया पर आँख तरेरे
नरगिस का एहसान
बहुत है रक्त कमल पर।

रिश्ता लगी जोड़ने
जमुना मरुस्थलों से।
नहीं राम को गिनती वह
अपने पूर्वज में।

उसकी जिद है, उसके
कर में हो तलवारें।
हाथ जोड़कर खड़े रहें
दिन-रात पड़ोसी

वैष्णव जन की पीर
नीर बन गिरे नयन से
गंगा से फिर कभी
मिले ना कमला-कोसी

जैसे राज किया था
अब तक, राज करेंगे
गाय-गोपियाँ रहें न अब
वृंदावन-ब्रज में।

कुदरत का यह खेल
हार की जीत हो रही
छूट रहे हैं धीरे-धीरे
दाग हठीले
चमकी ज्वर से पीड़ित
होने लगे भेड़िए
भेड़ों के नाखून-दाँत
उग गए नुकीले।

गंगो-जमन ताश का
जादू अब न चलेगा
रंग न जमुना का ही
दिखे तिरंगे ध्वज में।

स्वर्ग जीतने का सपना
लेकर वृत्रासुर
बीते कल की देहरी
बैठा ऊँघ रहा है।
आश्रम में दधीचि के
आकर इंद्र देवता
मंत्र संवलित धुआँ
यज्ञ का सूँघ रहा है

बीती रात, डरा है
कुनबा अंधकार का
ढूँढ़ रहा है खोट
नये उगते सूरज में।

वक्त मिले तो

वक्त मिले तो खूब लगाना
सुरमा आँखों में
पहले नाड़ा ठीक करो
खुलते पाजामे का।

कितना था उत्साह
कि तुम जब रथ पर आओगे
सूरज जैसे अग-जग को
रोशन कर जाओगे।
जैसे-जैसे कलई खुलती
जाती है फन की
घटता जाता है लोगों में
शौक डरामे का।

उन सबने तो मिलकर बस
जागीरें ही बांटीं
तुमने पढ़कर मन्त्र
जेब से गर्दन तक काटी
वादा था, काला धन
जन के नाम जमा होगा
खोल दिया घर-घर में
तुमने खाता नामे का।

सुबह-सुबह ही पाँव
लगे उठने बहके-बहके
राजधर्म के घर में
वेश्या राजनीति चहके

सोचा तुमने? क्या होंगे
वे साँचे सपनीले
लोकतंत्र खुद शक्ल ले रहा
जब हंगामे का।

अखबार

अपराधों के जिला बुलेटिन
हुए सभी अखबार
सत्यकथाएँ पढ़ते-सुनते
देश हुआ बीमार।

पत्रकार की कलमें अब
फौलादी कहाँ रहीं
अलख जगानेवाली आज
मुनादी कहाँ रही?

मात कर रहे टीवी चैनल
अब मछली बाजार।

फिल्मों से, किरकिट से,
नेताओं से हैं आबाद
ताँगेवाले लिख लेते हैं
अब इनके संवाद

सच से क्या ये अन्धे
कर पाएँगे आँखें चार?

मिशन नहीं, गन्दा पेशा यह
करता मालामाल
झटके से गुजरी लड़की को
फिर-फिर करे हलाल

सौ-सौ अपराधों पर भारी
इनका अत्याचार।

त्याग-तपस्या करने पर
गुमनामी पाओगे
एक करो अपराध
सुर्खियों में छा जाओगे

सूनापन कट जाएगा
बंगला होगा गुलजार।

पैसे की, सत्ता की
जो दीवानी पीढ़ी है
उसे पता है, कहाँ लगी
संसद की सीढ़ी है

और अपाहिज जनता
उसको मान रही अवतार।

मेरी जात

देवता हैं तुष्ट मुझसे
फूल लेकर, पात लेकर
कालभैरव तुष्ट होंगे
सिर्फ मेरी जात लेकर।

जात मूँजी का जनेऊ
जात कुश की है अँगूठी
जात तिनके की चटाई
जात वेदों की विरासत।

पोटली है यह सुदामा की
जिसे सब जात कहते
जात जिसको छीनते सब
एक मुट्ठी भात देकर।

जन्म-जन्मों की धरोहर जात,
जिसपर सब निछावर
जात थी तब कर्म की, कर्तव्य की
पहचान-रेखा
जात अब है स्वार्थ-साधन
जात अहि का रज्जु में भ्रम।
कट रहे हैं अंग सदियों से
मगर है साँस बाकी

फट गया है दल-पताका
रह गया है बाँस बाकी।
खो रहा पहचान गंगाजल
नगर की नालियों में
छीनता गणतंत्र फूलों की सुरभि
संत्रास देकर।

अबकी नयी लड़ाई है

रुत ने ली अँगड़ाई है
अबकी नयी लड़ाई है।
उसकी बात कभी मत कर
राजनीति हरजाई है।
गमले से कैक्टस को फेंक
हमने जुही लगाई है।
तुम कहते हो सर्द हवा
मैं कहता, पुरवाई है।
आग बुझा पहले, फिर पूछ
किसने आग लगाई है।

एक उड़ान तुम्हारी

एक उड़ान तुम्हारी, धरती से
नभ की ऊँचाई तक
एक कहानी मेरी भी है
शोहरत से तनहाई तक।

चलन नहीं अब नाम
बुजुर्गों का लेना त्योहारों पर
उग आयीं अनजान वनस्पतियाँ
मन की दीवारों पर

तुम खुश हो लो, हाथ तुम्हारा
पहुँचा दियासलाई तक
अपना है संकल्प कि पहुँचूँ
सागर की गहराई तक।

श्वानों को हविष्य के दोने
बलियाँ अश्वों के हिस्से
नव संकल्पों में न चलेंगे
शुनःशेप वाले किस्से

कौन छलाँग लगाएगा अब
अरबों की अँगड़ाई तक
व्यस्त उँगलियाँ अभी, फटी
चादर की ही तुरपाई तक।

कलमबंद आँधियाँ तोड़कर
गयीं रात पीले पत्ते
सुबह किन्तु निकले बच्चों के
मुँह से 'सत्तमेव जत्ते'

एक जहान सियासत का है
वैभव से कुड़माई तक
एक सिवान हमारा भी है
तुलसी की चौपाई तक।

राजदुख

राजसुख को देखते हैं
लोग कितने
राजदुख तो सिर्फ
राजा झेलता है।

अवध का साम्राज्य
अवतारी सभी सुत
किन्तु मरते वक्त
दशरथ थे अकेला।
राजगद्दी ने डँसा
धृतराष्ट्र को भी
छोड़ भागे युधिष्ठिर
जग का झमेला
चोबदारों की नजर
सिंहासनों पर
साथ जिनके
काल-विषधर खेलता है।

अप्सराएँ इन्द्र की
कितनी सलोनी
किन्तु है भयभीत रहता
इन्द्र कितना!
अमृत का सन्धान

रावण ने किया था
मर गया बेमौत
लेकर स्वर्ण-सपना
बैठकर कैलास पर
उसने न देखा
भूत कैसे वर्तमान
धकेलता है।

पोलियो से ग्रस्त
यह जनतंत्र अपना
कीट-दंशित फूल
जैसे अधखिला हो
हाथ सूखे, पाँव सूखे
नसें सूखी
देश ज्यों वीरान-सा
बहुमंजिला हो
देख, राजा को कि
किस जादूगरी से
शीशियों में
राजधर्म उड़ेलता है!

बिकती भी

कहीं कलम चलती है
कहीं कलम बिकती भी।
सत्ता को छोड़ सभी
पाये विकलांग हुए
जनादेश के समक्ष
व्यर्थ सभी स्वांग हुए
सिद्ध हो गया, विचारधारा
है थकती भी।
चेहरों को भाँप रहा
आइनागरों का दल
मई में गड़े जैसे
खादी वाला कम्बल
आँबे में कमल-ताल की
जमीन पकती भी।
जनसेवा का दंगल
हार-जीत तक सिमटा
घी में डूबे चमचे
आग खा रहा चिमटा
आँधियाँ, टहनियों की
नींद उड़ा सकती भी।

दिवाली

दीपों का त्योहार दिवाली
सपनों का सिंगार दिवाली।
तम से भरे गगन को अपनी
धरती का उपहार दिवाली।
मन का दिया, प्राण की बाती
स्नेह भरो सबमें, सिखलाती
जैसे जले दीप से दीपक
वैसे पले ज्ञान की थाती
सुख में दुख का, दुख में सुख का
प्यार भरा मनुहार दिवाली।
धरती पर उतरे ज्यों तारे
घर-घर सँवर रहे उजियारे
लक्ष्मी मैया, गणपति भैया
हों प्रसन्न देवता हमारे
देश-धर्म से ऊपर जगमग
करता इक संसार दिवाली।
पेड़ पड़ोसी पशु-पक्षी को
दुख पहुँचाते धूम-धड़ाके
ऐसा काम करो मत जिससे
दाग लगे आँचल में माँ के
खुश हों सदा पराये सुख से
किरणों का परिवार दिवाली।

ऐसा कबतक होने का!

जब-तब मैं ही बोलूँ सॉरी
ऐसा कबतक होने का!
तुम रोओगी चोरी-चोरी
ऐसा कबतक होने का!

एक 'स्काइप' की खातिर कबसे
मूँह फुलाये बैठी हो
जामुन के सूखे पत्ते-सी
मंडे से ही ऐंठी हो
खाली मेरी रहे तिजोरी
ऐसा कबतक होने का!

चाँद तोड़कर लाया मैने
तारे तोड़ दिये तुमको
जबसे नशा तुम्हारी बोली
छुआ नहीं मैंने रम को
ढूँढेगा धनिया को होरी
ऐसा कबतक होने का!

यह एसएमएस, जैसे
कोई प्यासा पाए ओस की बूँद
ऑनलाइन पर जाग रही हो
देखो, तुम भी आँखें मूँद

ह्वाट्सऐप पर करूँ चिरौरी
ऐसा कबतक होने का!

उफ! ये रोज-रोज की अनबन
तिसपर यह मौसम की मार
बिना बताये आ टपका है
मार्च महीना मेरे द्वार
गर्म राख पर गिरे निबौरी
ऐसा कबतक होने का!

गंगा को घन दें

आओ हम सब मिलकर धरती को
नव जीवन दें।
भू को स्वर्ग बनानेवाली गंगा को
घन दें।

घन का वन से, वन का मन से
मन का जीवन से
गहरा है सम्बंध रूप का जैसे
दरपन से
आओ हम सब मिलकर धरती को
नव जीवन दें।
भू को स्वर्ग बनानेवाली गंगा को
घन दें।

हिमगिरि से सागर तक
वन की हरियाली छाए
उस विकास की सोचो जो
माँ गंगा को भाए
अमृत पिलाती रही आजतक
जो माँ पुरखों को
एक घूँट पानी पीने को वही
तरस जाए
आओ हम सब मिलकर धरती को

नव जीवन दें
गंगा की अविरल धारा को
आँचल पावन दें।

जबतक नहीं नदी के तटपर
सघन वृक्ष छाया
जबतक पुष्ट न होता जल से
सरिता की काया
तबतक भारत के विकास की
बात अधूरी है
जबतक मोहित करे न हमको
ममता की माया
आओ हम सब मिलकर धरती को
नव जीवन दें
नव युग के नव संकल्पों को
पूर्ण समर्पण दें।

क्यों रोता है?

तू ब्राह्मण का बेटा होकर क्यों रोता है?
जाग मछन्दर जाग कि सारा जग सोता है।

तुझ निरीह को ब्राह्मण कहकर
मैकाले से मनमोहन तक सबने मारा
अपने और पराये क्या हैं
सबने तुझको विफल जान, जी भर दुतकारा
भूल गया, तुझमें ऋषियों का तेज प्रवाहित
निंदा-स्तुति से आखिर तेरा क्या होता है?

संघबद्ध होने में सुविधा है बहुतेरी
लेकिन प्रतिभा मिलती केवल पुण्यवान को
यह दधीचि का तन पाया तूने पुरखों से
बारम्बार जगाना पड़ता हनूमान को
सोने के महलों के वारिस हुए हजारों
पर्णकुटी का वारिस तू ही इकलौता है।

वे हैं नाग, लिपट जाएँगे गले शम्भु के
वैनतेय! तू पद्मनाभ का वाहन भर है
लेकिन जब वे च्युत होकर सामने गिरेंगे
जग देखेगा, तुझसे उनको कितना डर है
वे छल-छन्दी बोते रहें बबूल धरा पर
साँस रोक जग देख रहा, तू क्या बोता है!

एकतरफा

तुम्हारा दर्द एकतरफा
तुम्हारी मार एकतरफा
करोगे न्याय कैसे तुम
तुम्हारा प्यार एकतरफा।

हमें मालूम है, तुम तक
पहुँचती किस तरह सीढ़ी
दिलाई जाती क्यों तारीख
पर तारीख एकतरफा।

हमारे गाँव से गुजरो
तो आँखें बंद कर लेते
नजर पड़ती वहीं, दिखता
जहाँ नजराना एकतरफा।

तुम्हारा दम नहीं घुटता
सड़े कानून की बू से
भला हर फैसला कर लेते तुम
कैसे हो एकतरफा?

कहीं देखा नहीं दुनिया में
जज का राज पुश्तैनी
तुम्हारा आना एकतरफा
तुम्हारा जाना एकतरफा।

मुझको जी भर गाओ

मुझपर प्यारे शोध करो मत
मुझको जी भर गाओ।

चीरफाड़ कविता के तन की
अच्छी बात नहीं
खून-पसीने की फसलें
मिलतीं खैरात नहीं
मुझको माला पहनाओ मत
मुझको जी भर गाओ।

रोकर गाती है जैसे
बुधनी बकरी मरने पर
रोकर गाओ, हँसकर गाओ
तुम भी जी करने पर
मेरी बातें याद करो मत
मुझको जी भर गाओ।

दो दिन या दो सदी जिएँगे
ये कविवर क्या जानें
हमें जिलाएँगी आकाश-
कुसुम-सी ये सन्तानें
ज्यादा मेरा नाम रटो मत
मुझको जी भर गाओ।

आर्द्रा

घर की मकड़ी कोने दुबकी,
वर्षा होगी क्या?
बायीं आँख दिशा की फड़की
वर्षा होगी क्या?

सुन्नर बाभिन बंजर जोते
इन्नर राजा हो!
आँगन-आँगन छौना लोटे
इन्नर राजा हो!
कितनी बार भगत गुहराए
देवी का चौरा
भरी जवानी जरई सूखे
इन्नर राजा हो!

आगे नहीं खिसकता
सूरज के रथ का पहिया
भुइलोटन पुरवैया सिहकी
वर्षा होगी क्या?

छाती फटी कुआँ-पोखर की
धरती पड़ी दरार
एक पपीहा तीतरपाखी
घन को रहा पुकार

चील उड़ें डैने फैलाये
जलते अम्बर में
सहमे-सहमे बाग-बगीचे
सहमे-से घर-द्वार

लाज तुम्हीं रखना पियरी की
हे गंगा मैया!
रेत नहा गौरैया चहकी
वर्षा होगी क्या?

कजरी

झूले निमिया की डार
मेरा प्यार पिया
सोलहो सिंगार पिया ना।

मेहा झुकि झुकि आए,
मेरा कजरा बहाए
माँगे हमसे झुलनिया
उधार पिया
सोलहो सिंगार पिया ना।

बरसे बुंदन के बान,
भींजे सगरो सिवान
बहे देहिया में
नेहिया की धार पिया
सोलहो सिंगार पिया ना।

बोले मोर चहु ओर,
बहे पुरवा झकोर
पापी चुनरी उड़ाए
बार-बार पिया
सोलहो सिंगार पिया ना।

चरते बादल

भरे हुए को भरते बादल।
सोचो, यह क्या करते बादल।

जिनके खेत बरसते केवल,
उनसे भी क्या डरते बादल!

किस नदिया के आमंत्रण पर
बनते और सँवरते बादल।

हाँक रही है हवा पहाड़ी
बुग्यालों पर चरते बादल।

मोती चुगकर सिंधुदुर्ग से
पंख पसार उतरते बादल।

वृन्दावन की बात और है
वैसे, कहाँ ठहरते बादल!

देखो कभी गौर से नभ में
बाने कितने धरते बादल।

राम दरबार

सदियों बाद
प्रतीक्षातुर पल शांत हुआ।
सदियों बाद
राम सीता सँग लौटे घर।

जगी कामना पुनः
राम दरबार लगे
रामराज्य की ज्योति जले
धरती अम्बर।

नव भारत की
नयी चेतना की जय हो
पराधीन मानस के
संशय का क्षय हो।

जन्मभूमि यह
नहीं मात्र है राघव की
यह अथ है दिन का,
इति रात पराभव की।

आओ संकल्पित हो
नव निर्माण करो।
नये क्षितिज पर
नव रवि का आह्वान करो।

वंदना हम करें

वंदना हम करें इस प्रभा-धाम की
जिसमें गो-गंग-गौरीश का वास है
वत्सला जाह्नवी तीर पर है बसा
विंध्य की गोद में जैसे कैलास है।

बीज बनकर विराजे जहाँ शारदा
अंकुरण सभ्यता का है ओंकार में
अन्नपूर्णा बनी विंध्य की वासिनी
विश्व के नाथ के मुक्त दरबार में
इस गड़ौली से फूटे नयी चेतना
ज्योति बरसे यहाँ बारहो मास है।

कामना है कि अविरल बहे सुरनदी
जिसके जल से भरा कूप हो, ताल हो
राष्ट्र संवर्धना का यही मंत्र है
माँ यशोदा बने, बाल गोपाल हो
धर्म की, सत्य की जय सनातन रहे
आज संकल्प है, आज विश्वास है।

यह गड़ौली तपोभूमि है देश की
हो नये यज्ञ से शुद्ध वातावरण
आश्रमों, गुरुकुलों के अमृत दाय से
विश्व में हो प्रसारित पुनर्जागरण

रामकी, कृष्णकी, आर्यजनकी कथा
सर्जना में नये वाल्मिकी व्यास हैं।

रानी मधुमक्खी

राजकुमारी राजकुमार
रानी का इतना संसार।।

रानी अंधी-बहरी सेना
लेकर कूट रही सिलबट्टा
उसके सड़े हुए अंडों पर
सबसे बड़ा लगा है सट्टा
रातों में जुगनू-सी चमकी
खूब करायी जयजयकार
तेज घटा रोशनी-चोर का
आयी सूरज की सरकार।

रानी मधुमक्खी के रिश्ते
बड़े बली अलियों से गुप्त
कुछ प्राणी जाग्रत थे, बाकी
खा अफीम हो गये प्रसुप्त
रानी कर विधवा-विलाप
कर लेती थी सबपर अधिकार
कोशिश उसकी यही कि सत्ता
भोगे बस उसका परिवार।।

लेकिन तमस काटकर उभरा
ज्योतिर्मय यह अपना देश
बदली संस्कृति मदहोशी की
बदल गया मानस परिवेश
हुए अंकुरित देवालय सब
हुआ चेतना का संचार
दबी मंत्रघोषों के नीचे
डायन रानी की चीत्कार।

गाँव

वैभव हो या नहीं, मगर
गाँवों में सुख भरपूर है।
मृगतृष्णा में दौड़ो जितना,
मंजिल कोसों दूर है।

बेवकूफ वे जो अनदेखी
हूरों पर कुर्बान हैं
मस्जिद से ज्यादा प्रिय लगते
जिनको कब्रिस्तान हैं

गंगा-जमुनी भाईचारे
जिनके लिए फरेब हैं
जिनके लिए जान से प्यारा
काफिर भी नासूर है।

जिनका छूटा धर्म सनातन
जिनकी छूटी वल्दियत
मोह-मदों ने नशा खिलाकर
जिनकी लूटी शख्सियत

कभी हंस बनकर उड़ता था
अब मुर्गे की जान है
आसमान तो वैसा ही है
कतरी गयी उड़ान है।

एक गाँव के सब थे वासी
एक कुआँ, एक ताल था
बड़े सवालों को निबटाने वाला
इक चौपाल था

थैली औ तलवारों का मारा
यह हिन्दुस्तान है।
अहमक साँड़ों, उजबक बैलों से
पट गया बथान है।

बरसे बदरवा

गरज-गरज पिया बरसे बदरवा।
छहर-छहर हरसे धरती जब
फहर-फहर तन परसे बदरवा।

दमकत चहुँ दिसि दामिनी
स्याम बरन भई यामिनी
मोतियन से घर-आँगन भर दे
उमड़-घुमड़ जब सरसे बदरवा।

दादुर मोर पपीहा बोले
साजन बन सावन रस घोले
बिरहिन के पाहुन घर आये
मत जा रे अधबरसे बदरवा।

उमगी नदिया ताल-तलैया
चहकी मन की सोनचिरैया
सोने का कंगन पहना दे
तू निकालकर कर से बदरवा।

गुहावासी

बाहर की धूप कहीं
अंदर घुस जाए ना
कर न दे अँधेरे को तहस-नहस
चिंतित हैं जीव सब गुहावासी।

बरसों से पली-बढ़ी
तम की ये संतानें
अचरज में हैं-
कैसे, क्या हुआ?
क्यों होती रोशनी निगोड़ी
जलसा-घर में
क्यों जलता खामखा दिया?

हम आदिम राग यहाँ
आदिम अनुराग यहाँ
गठरी अज्ञान की हमारे वश
गर्वित हैं जीव सब गुहावासी।

तमसा के तट पर हम
काट रहे धूप-वृक्ष
गाते हैं गीत हम उजाड़ के
दिखते हैं जहाँ कहीं
बीजों में अंकुर
हम रख देते हैं उखाड़ के

डरते हैं परिसर के
साँप और बिच्छू भी
बाहरी बृहस्पति भी
गिर जाते खाकर गश
हर्षित हैं जीव सब गुहावासी।

दूर रहें मनु से, मनुपुत्रों से
दूर रहें वेद से, पुराणों से
पंख काट देते हम
नभचारी गरुड़ों को
शहद सने हुए शब्दबाणों से

हमसे है कौन बड़ा
ज्ञानी संसार में
काट रहे चाँदी और
लूट रहे हैं सुयश।
अर्चित हैं जीव सब गुहावासी।

मणिदीप

छन्दों के मणिदीप सजाएँ
तमस भूल, उत्सव को गाएँ।

चौमुख दीप धरें नवयुग की
पावन लिपी-पुती देहरी पर
और आरती-दीप धरें
भारत माँ की गंगा-लहरी पर
जन-जन की दन्तुल मुस्कानें
मावस की कालिमा मिटाएँ।

टूट रही है एक-एक कर
मन के अन्ध-बन्ध की कारा
जिस नभ में घनघोर घटा थी
उस नभ में छिटका उजियारा
पहनें नील कुसुम की माला
क्यों हम गले भुजग लिपटाएँ?

यह उत्सव है सदियों से जाग्रत
सुषुप्त पार्थिव दीपों का
यह उत्सव है समय-सिन्धु में
उभरे नये-नये द्वीपों का
कर लें वन्दन मंगलमय का
अपशकुनों को धता बताएँ।

दिन गिनती के

जिन पेड़ों पर बैठे बगुले
उन पेड़ों के दिन गिनती के।

कैसे-कैसे लोग पालते
कैसी-कैसी आकांक्षाएँ
एक-एक कर टूट रही हैं
इन्द्रधनुष की प्रत्यंचाएँ
जिन नातों के नेह अचीन्हे
उन नातों के दिन गिनती के।

फसलें उजड़ गयीं खेतों की
घर-आँगन छाया सन्नाटा
गाय बेच, गिरवी जमीन रख
हरखू तीर्थाटन से लौटा
जिस बामी के साँप पहरुए
उस बामी के दिन गिनती के।

प्रतिभा को दरसाए जबतक
लोकतंत्र फाँसी के फंदे
ढाबे पर बर्तन माँजेंगे
तबतक सूर्यवंश के बंदे
जिस कुर्सी पर दीमक रीझे
उस कुर्सी के दिन गिनती के।

महजिदें

मकबरे-मकबरे महजिदें-महजिदें।
बन रही तोड़ सारी हदें महजिदें।

गाँव में अब न पोखर-कुएँ हैं बचे
मन्दिरों-मूरतों के उड़े परखचे
तेग से थी कभी, तेल से हैं अभी
हर सुदी से बदी से बदें महजिदें।

महजिदों की हवस के निवाले बने
खेत-खलिहान भी वक्फ वाले बने
घर से दालान तक सबपे काबिज वही
हमको रहने भी दें या न दें महजिदें।

महजिदों की अजाँ से उड़े फाख्ते
कब्र पर फातिहा पढ़ रहे रास्ते
गोचरों में मजारों के मेले लगे
पीठ पर मन्दिरों की लदें महजिदें।

कब तलक हम जियेंगे किनारा किये
एक सलवा जुडुम का सहारा लिये
कब्रगाहों में बदलेगा अपना वतन
तय करें खुद न जो सरहदें महजिदें।

नयी-नयी है

अभी तो सपने नये-नये हैं
अभी तो हसरत नयी-नयी है
अभी न जाओ यों रूठकर तुम
अभी मुहब्बत नयी-नयी है।
न चाहकर भी दिया है तुमने
किसी को दिल ये मुझे पता है
ये आँखें कहती हैं, जागने की
तुम्हारी आदत नयी-नयी है।
मुझे यकीं है, चुराके नजरें
वो देख लेगा कभी इधर भी
वो देवता है पुराना आशिक
मेरी इबादत नयी-नयी है।
ये जिस्म सोने का, ये जवानी
चली है आबेरवाँ पहनकर
बचाके रखना बुरी नजर से
तुम्हारी दौलत नयी-नयी है।
अजीब शै है ये बुतपरस्ती
दिये जलाये हैं आंधियों में
बुझा-बुझाकर थका जमाना
हमारी हिम्मत नयी-नयी है।

धरती से अम्बर तक

धरती से अंबर तक हम हैं
पर्वत से सागर तक हम हैं
हिमगिरि के मानस की सारी
कथा सुनेंगे हम
निज कौशल से भारत माँ की
व्यथा करेंगे हम।

नगपति के कण कण में है
सारी संपदा भुवन की
संजीवनी सँजोए है यह
सकल विश्व जीवन की
नव अनुसंधानों से गिरि का
दुख दूर करेंगे हम।

जाने कितने हैं रहस्य गोपित
विराट के मन में
खोजेंगे सब, और भरेंगे
नव जागृति जन-जन में
इसके मनोभाव, कंपन को
सदा पढ़ेंगे हम।

नए दौर में नवयुग का
माहिया हमारा होगा
विश्व पटल पर सर्वोपरि
वाडिया हमारा होगा
नव ऊर्जा से प्रतिदिन
नव सोपान चढ़ेंगे हम।
निज कौशल से भारत माँ की
व्यथा करेंगे हम।

उत्तराखंड

आजादी के दीवानों का दीवानापन
उत्तराखंड स्वातंत्र्य वीरता का आँगन।।

नंदा देवी में हुई विरोध सभा पहली
कालू, बदरी, गोविंदों से सत्ता दहली
आंदोलन कुली बेगार औ डोला पालकी का
जागा अलमोड़ा, बागेश्वर चप्पा-चप्पा
तेइस वर्षीया विधवा गौरा देवी ने
रैणी में बिगुल बजाया चिपको आंदोलन।

श्रीदेव सुमन का अनशन से हो गया मरण
टेहरी डोली, डोला विराट हिमगिरि जन-गण
खिल उठे बुग्यालों में चेतन-मन ब्रह्म कमल
आजाद हुआ देकर बलिदान प्रजामंडल।
हर गाँव गौरवान्वित सेनानी पुत्रों से
हर गाँव त्याग का, बलिदानों का नीराजन।

रक्षा प्रहरी चीनी नेपाली सीमा का
यह आकर्षण दुनिया भर के सैलानी का
पाँचो प्रयाग जागे, जागे बदरी-केदार
गंगोत्री-यमुनोत्री से बहती क्रांति-धार
उत्तराखंड की भूमि, भूमिका से गर्वित
संस्कृत का, संस्कृति का है
यह गोमुख पावन।।

सीधी बात

इतना कोमल मत बनो
जीना तुम्हे अनंत।
कुछ कठोरता चाहिए
बनने को रसवंत।
खेत छिने, अस्मत लुटी
उजड़ा सकल जहान।
मैतेयी का है कहाँ
अपना हिन्दुस्तान।
किनकी शह पर हैं कुकी
मणिपुर में धर्मान्ध।
कौरव हित ही देखती
दिल्ली है जन्मान्ध।
नरसंहारी हो गये
केरल और बंगाल।
देखो आँखें खोलकर
कौन बजाता गाल।
कुनबों वाली पार्टियाँ
कुतर रही हैं देश।
शत्रु देश की रक्षिता
जानो यह कांग्रेस।
खा जाएँगे भेड़िये
हो जाएगा अंत।
अगर न भेड़ों में उगे

जल्दी से नख-दंत।
मोदी-योगी कर रहे
कचरा-मलबा साफ।
बाकी सारे भद्रजन
ओढ़े रहें लिहाफ।
अगर चाहते, देश में
विकसे पूर्ण स्वराज।
मुक्त इंडिया से करो
भारत को तुम आज।
खतरे में है पड़ गयी
एक अदद की साख।
नायक हमको चाहिए
ऐसे ही दो लाख।
एक सनातन धर्म है
शेष सभी हैं पंथ।
रामकथा इतिहास है
गीता है सद्ग्रंथ।

तीन रंग का ध्वज

तीन रंग का ध्वज फहराता
भारत लेकिन है सतरंगा।
हम विषपायी इसीलिए हैं
क्योंकि हमारी माँ है गंगा।

धरती भारत, नभ भारत है
भारतीय इतिहास हमारा
कश्यप-मनु की संतानों से
है आबाद जगत यह सारा
सदियों उँगली पकड़ सभी को
ज्ञान दिया, विज्ञान सिखाया
राहु-केतु से ग्रसा सूर्य जब
अंधकार ने जग भरमाया

अस्तंगत इंडिया दास है
भारत उदित हो रहा स्वामी
किया समर्पित पीकदान को
पश्चिम का विचार बेढंगा।

भारत रोज महाभारत में
रामायण का पाठ पढ़ाता
भारत यज्ञभूमि वेदों की,
सुर की गाथा सुर में गाता

दुनिया के बुझ गये दिये सब,
भारत जलता दीप अकेला
एक यहूदी छोड़ और किसने
इतना है संकट झेला

कुछ हैं लोग दुष्ट शरणागत,
सागर लेता धैर्य परीक्षा
वरदहस्त की मुट्ठी तनती
देख जेहादी भूला दंगा।

दुनिया वालो, यह मत भूलो
स्वर्णिम कलश बने तुम तब हो
जब हमने आधारशिला बन
सत्य धर्म का मंदिर थामा।
हमने धरती बनकर तुमको
इतना बड़ा गगन दे डाला
तुमको दिया कृष्ण का दरजा
अपने हम रह गए सुदामा

घास-फूस की राममड़ैया
मुट्ठीभर अनाज के दाने
सबकी खैर मनानेवाला
देश हमारा है अधनंगा।

रोकना जरूरी है

मेड़ों पर, खेतों में
उग आये जंगल को
रोकना जरूरी है।
कविता में अनियंत्रित
छंदहीन शब्दों को
टोकना जरूरी है।

बहुत जानमारू है
विज्ञजनों की चुप्पी
घबराहट में फूली
कलसी के सँग कुप्पी

चिरकुट की बस्ती में
बढ़ती आबादी पर
चौंकना जरूरी है।

कंधे पर तापस के
कपियों की उछल-कूद
चातक को तरसाती
स्वाती की एक बूँद

बदजुबान, बेलगाम
लावारिस पशुओं को
हाँकना जरूरी है।

टूट गयी चलनी जो
अन्न को फटकती थी
भूसे को फेंक सिर्फ
दाने को रखती थी

दुर्गन्धित घोंघों को
दूर कहीं ले जाकर
फेंकना जरूरी है।

हँसिया और तलवार

कभी नहीं भाती हँसिया को
चाँदी की तलवार।

दिन भर बैठी रहती है यह
ऐश म्यान में करती है यह
इसे चाहिए मखमल सेज
मालिक इसको रखे सहेज।

मैं खटती रहती दिन-रात
मुझ बिन बने न भोजन-भात
नींबू काटूँ, मिर्ची काटूँ
सब्जी काटूँ सायं-प्रात।

और एक यह है, जो करती
सिर्फ किसी गर्दन पर वार
मैं जीवन हूँ और मौत यह
दोनों हैं लोहे की धार।

कौन हँसाता, कौन रुलाता
जग क्यों इसको समझ न पाता
एक मौत का सौदागर है
और दूसरा जीवनदाता।

महँगी वही न जिसकी
जीवन को कोई दरकार
कभी नहीं भाती हँसिया को
चाँदी की तलवार।

श्रीधान्यम

कोदो, सांवां, कँगनी, कुटकी
ज्वार, बाजरा श्रीधान्यम।
रहना है नीरोग अगर तो
खाओ अपना श्रीधान्यम।
हद से ज्यादा चावल-गेहूँ
खाकर हम बीमार हुए
भूल गए तन-मन को
स्वस्थ बनाने वाला श्रीधान्यम।

सुरसा जैसा पीता पानी
बंजर करता धरती को
गेहूँ, धान और गन्ना को
तजकर बोओ श्रीधान्यम।

काँटे हमने चुने विषैले
तेल-दूध खाद्यान्नों में
धरती माँ ने घड़ा अमृत का
दिया हमें था श्रीधान्यम।

मिलेट कहो, मोटा अनाज कह दो
या कहो कदन्न इसे
घर का वैद, घरेलू नुस्खा
सर्वसुलभ है श्रीधान्यम।

अब तक सोए रहे
शिकारी के जालों में फँसकर हम
जागो धरतीपुत्र लहलहाए
खेतों में श्रीधान्यम।

अवसर है, संस्कृति है, कृषि की
परम्परा भी पुरखों की
विषकुम्भों को तज, अपनाओ
अमृत कुम्भ-सा श्रीधान्यम।

चैती गुलाब की

वैसे तो गमले में फूले
नागफनी भी चैत महीने
किंतु सुवासित छुअन कहाँ से
लाए वह चैती गुलाब की!

कुछ ना कुछ तो जादू-टोना
हुआ हमारे गाँव-नगर पर
सब के सब भागते जा रहे
आँख मूँद अनजान डगर पर।
पेड़ों पर पालते मछलियाँ
जलधारों में तोते-मैने,
सड़कों पर उतरे सवाल, पर
बंद खिड़कियाँ हैं जवाब की।

एक ओर हय-शावक गरजे-
तरजे लालकिले के अंदर
और दूसरी ओर गीर के शेर
हिनहिनाते मजबूरन
जैसे रंगभवन के रसिये
जैसे डोमिन के मनबसिये
संसद के बिसखपरों से हैं
मात हुई नस्लें नवाब की।

शिकमी है वाचालों के घर
वीरों का सिंहासन जबतक
वंशीतट हो मौन, रहेगा
शंखों का अनुशासन तबतक
सोचो, फिर सोचो, फिर सोचो
दिन क्यों लगते रात सरीखे
ले कुदाल पलटाओ कीचड़
मरे हुए राजा-तलाब की।

राम की कचहरी में

जो सजा मिली जिसको, काटना उसे ही है
एक साँस कम-ज्यादा जिन्दगी नहीं होती
ना यहाँ जमानत है, ना कोई वकालत ही
राम की कचहरी में पैरवी नहीं होती।

गीत हम सुनें ऐसे, जैसे ध्यान में जोगी
तालियों से कविता की बंदगी नहीं होती।

चाँद और सूरज से वास्ता कलम का है
गीत के उजाले में तीरगी नहीं होती।

गीत को खलल पड़ती धड़कनों से भी साहिब
चीख और चिल्लाकर शायरी नहीं होती।

खून और खंजर से जीतना भला कैसा
देख किस चुभन की दवा बाँसुरी नहीं होती।

ये दिल माँगे मोर!

जगद्‌गुरू की ऐसी-तैसी
ये दिल माँगे मोर देश है।
अब तो मान गए पंडित जी
कितना यह लतखोर देश है!

रोम-रोम में राम बसा करते थे पहले
अब तो केवल रोम-रोम है, राम कहाँ है
राजधानियों में हैं गोरी और गजनबी
श्रद्धा के मंदिर को अब विश्राम कहाँ है!

भाषा-भूति-जाह्नवी सब हो चुकी प्रदूषित
पूज रहे तुम जिसे, साधु का मात्र वेश है।

धन्य तुम्हारी पिटकोंवाली सत्य-अहिंसा
अमृत पुत्र सब दस्यु-पुत्र से हुए हताहत
वर्णसंकरी लोकतंत्र के गाल समायी
चाणक्यों की अमल-धवल अनमोल विरासत

यज्ञ शिखा से निकली ऊर्जा भूलुंठित क्यों?
आदित्यों के सिंहासन को यही क्लेश है।

ऐसी सुरा पिलायी ठग-ठगिनी ने आकर
राजलक्ष्मी रूठ गई अपमानित होकर
पंचककारों का हठ पंचमकारों वाला
मुर्दाखोर सभी चुप हैं चमरौधा खाकर

कूद-फाँद कर बैठ गए कुर्सी पर चूहे
कैसे कुतर-कुतर खा जाएँ, पशोपेश है।

हे आदिकुम्भ

हे आदिकुम्भ, हे महाकुम्भ
हरिद्वार कुम्भ, तेरी जय हो।
भारत की संस्कृति, धर्म सनातन
सार कुम्भ, तेरी जय हो।

सारा जग उमड़ पड़ा, तेरे
घाटों की छबि पा लेने को
गंगाजल को कर नमन, नहाकर
तन-मन आज भिंगोने को
आरती दीप जगमग करते
सरगम-सी गंगा-लहरी पर
सारे अवसादों का पावन
उपचार कुम्भ, तेरी जय हो।

वह कार्तिक का हो कल्पवास
या देही की अंतिम लीला
सागर-मंथन की कथा कहे
सुरसरि-तट, संतों का मेला
यह ऋषि-मुनियों की तपोभूमि
यह वनस्थली आचार्यों की
हिमगिरि आँगन का महापर्व
सौ बार कुम्भ, तेरी जय हो।

शाही स्नानों का यह वैभव
सज-धज निकले संन्यासी भी
आतुर हैं डूब लगाने को
योगी, गृहस्थ, वनवासी भी
तम्बू की नगरी बसी नयी
पुलकित हैं आकर परदेशी
वासंती हर की पैड़ी पर
शृंगार कुम्भ, तेरी जय हो।

धर्म की ध्वजाएँ फहर रहीं
चहुँ ओर गूँजता भक्ति-गान
रवि-चंद्र और गुरु एक राशि
में करें अमृत का संनिधान
द्वादश कुम्भों में महाकुम्भ
अनगिन संस्कृतियों का संगम
जाह्नवी तीर पर अमृत कलश
भंडार कुम्भ, तेरी जय हो।

हम करुणावतार के वंशज

यज्ञभूमि यह ऋषि-मुनियों की
मना मृत्यु पर रोना भी।
हम करुणावतार के वंशज
हमसे डरे करोना भी।
मन से लेकर तन तक जिनका
गंगाजल-सा पावन है
मृत्युंजय का वरद हस्त है
राम-कृष्ण सा जीवन है
बड़ा भाग्य है, रामकथा में
सेवक केवट होना भी।
डरना नहीं महामारी से
सावधान यों रहना है
दश-लक्षणी धर्म का पालन,
शुचिता-सुर में बहना है
रोमांचक है मन में संगम के
मेले में खोना भी।
मौन तपस्वी बन जीने से
बेहतर जन की सेवा है
उठो, बनो हारिल की लकड़ी
दोनों हाथों मेवा है
मौत के धागे जन्म का मोती
पड़ता यहाँ पिरोना भी।

कभी सोचा नहीं था

कभी सोचा नहीं था
घर ये मेरा घर नहीं होगा
बनाने में जिसे दिन-रात
सारी जिंदगी गुजरी।

हमारी बागवानी देखकर
दुनिया तरसती थी
तृषा की सीपियों में स्वाति की
बूंदें बरसती थीं
कमल की चाह में मैंने
गुलाबों को सँजोया यों
कि काँटे चुभ रहे थे जब,
उंगलियाँ तब भी हँसती थीं
हमारी भूल थी या
भूल पुरखों की विरासत थी
कहूँ किससे कि किस दुख में
हमारी जिंदगी गुजरी।

बड़े अरमान से साहब
बनाया अपने बेटे को
भरोसा आनेवाले कल पे
इतना था, बिना सोचे
रखा गिरवी कटोरा धान का,

गहने सभी घर के
उड़ाने को उसे घन पार
अपने पंख तक नोंचे
उड़ा था शौक से लेकिन
बला लिपटी गले ऐसी
कि हर दिन घर की यादों में
दुधारी जिंदगी गुजरी।

गया वह दूर इतना,
भूल बैठा किसका बेटा है
नहीं है याद, किसकी गोद में
पलकर बढ़ा इतना
मवेशी मानते हैं पोस,
लेकिन आदमी है वह
खुली है छूट, कर लो भोग
दुनिया को जहाँ जितना
कभी सोचा नहीं,
मैं भी जिऊँ दो-चार पल सुख से
कभी देखा नहीं, किस पथ से
प्यारी जिंदगी गुजरी!

आपकी याद आती रही

आपकी याद आती रही रात भर
नींद धूनी रमाती रही रात भर।

एक प्यासे नयन को कोई जलपरी
ताल बनकर लुभाती रही रात भर।

सूनी राहों में बिंदास पगली हवा
जुगनुओं को उड़ाती रही रात भर।

कोई मेड़ों को बिरहा सुनाता रहा
कोई मेहंदी रचाती रही रात भर।

एक बीमार बच्चे की मजबूर माँ
देवियों को मनाती रही रात भर।

दरियादिली की बात कर

शोखियों से सादगी की बात कर
मौत से भी दिल्लगी की बात कर
आँसुओं से भींग कर भी तू सदा
मुस्कुराती जिंदगी की बात कर।

चार दिन का आबोदाना है यहाँ
फिर बुला लेगा तुझे भी आसमाँ
बस दुआ जाएगी तेरे साथ में
देखता रह जाएगा सारा जहाँ।

लाख परवाना फिदा हो ऐ शमा
तुम न समझो तुम खुदा हो ऐ शमा
डूबती कश्ती को तुम भी हाथ दो
तुम न कश्ती से जुदा हो ऐ शमा।

खुद ही रिश्ता जोड़ने का शुक्रिया
और खुद ही छोड़ने का शुक्रिया
एक नाजुक दिल को ऐ जोहरा-जबीं
आजमा कर तोड़ने का शुक्रिया।

गम को तिनके-सा दबाकर देखना
प्यार से खुशियाँ लुटाकर देखना
जब न कोई दे तुम्हारा साथ तब
मुझको भी तुम आजमाकर देखना।

चाँद था अपनी डगर चलता रहा
बर्फ पर चलते हुए जलता रहा
एक बाती से लिपटकर रात भर
आग के घर मोम-सा गलता रहा।

शर्म से यह सर झुका कर देखना
गैर से नजरें बचाकर देखना
याद आएगी कयामत तक मुझे
आपका यह मुस्कुराकर देखना।

जिंदगी जिंदादिली की बात कर
अब नयी गीतांजली की बात कर
आदमीयत हिंदुओं से सीख तू
हिंद में दरियादिली की बात कर।

सारेगम तू गा।

सारे गम सिर से उतारकर
सारेगम तू गा।
रूखी धरती पर गंगा-सी
हरियाली तू ला।

बदल आज के आज
मुहर्रम वाले ये चेहरे
घुसपैठों का नया सिलसिला
चोंच मार ठहरे
न्यायालय में मृतक न्याय की
प्रेतात्मा नाचे
और फिरंगी भूत बजाए
तबला ताधिन्ना।

तुझे मिला संगीत सुहाना
सुख की वर्षा कर
सुन्दरवन! बेसुरी रेत को
तू मत तरसा कर
नाता रख घर से, आँगन से
गाय-बछेड़ों से
वरना छाती पर दौड़ेगा
डाक्टर का आला।

जन्म दिया जिसने, पाला-
पोसा जिसने बरसों
वही हो गया आज, आज से
कल, कल से परसों!
याद सदा रख, पोस मानते
जंगल के पशु भी
चुटकी भर उपकार किसी का
दे मत कभी भुला।

सांसों की जीत लिखो

दाना-पानी देनेवाले गीत लिखो
लिखा शत्रु है जहाँ, मिटाकर मीत लिखो।
ज्योति-विमुख तम की कविता क्यों लिखते हो
मरते दम तक तुम सांसों की जीत लिखो।

दीन-दुखी का दर्द भला तुम क्या जानो
जाड़े, बारिश में बेघर रहकर देखो
जिनका तुमपर है कोई एहसान नहीं
उनकी तीखी बातें भी सहकर देखो
बीते कल और आनेवाले कल के बीच
सिर्फ आज की बातों में संगीत लिखो।

हो स्वच्छंद बजाओ तुम अपनी ढपली
तुम कवियों के कवि, गालिब के ताऊ हो
पद-पैसा है, लूटो तुम सम्मान सभी
वैसे, नदी किनारे के तुम झाऊ हो
जब समाज के सुर में सुर है मिला नहीं,
क्या मतलब है गोबर या नवनीत लिखो।

तुम्हें मुबारक हो लैंटाना की झाड़ी
हम तो तुलसी चौरे की पूजा करते
आम और महुआ बियाह हमने देखा
घूंघट में निकली वाणी डरते-डरते
पगडंडी से राजमार्ग तक जाने को
पुरखों वाली नयी-नवेली रीत लिखो।

गणतंत्र हमारा

अमर रहे गणतंत्र हमारा
जग की आस, सुबह का तारा।

वीरवती यह धरती, जिसके
हाथों में संकल्प सृजन का
आँखों में ममता के सपने
पांवों पर वैभव जन-जन का
लेकर हमसे भीख ज्ञान की
जाग रहा है यह जग सारा।

यह विदेह की जन्मभूमि है
राजा यहाँ प्रजा से शासित
सीता जैसी राजवधू भी
जनरव पर होती निर्वासित
सुख समृद्धि का सूर्य उगाने
आया पावन पर्व हमारा।

इस धरती पर प्रथम ज्योति के
मंत्रों ने जय-पंख पसारे
इस धरती पर प्रथम-प्रथम
संस्कृति ने अपने रूप सँवारे
यहीं अमृतमय स्वर जागृति का
पाता विश्व गरल का मारा।

जनगण के आसमान में

मैंने अपनी वाम तर्जनी से
इक नन्हा-सा कमल खिलाया
और करोड़ो सूरज उग आये
जनगण के आसमान में।

अब जाकर मैं समझा, कैसे
बूँद-बूँद से सागर बनता
कैसे मिलकर लिख देती है
भाग्य देश का, बेकल जनता
कैसे आता लोकतंत्र है
पगडंडी पर पैदल चलकर
कैसे काँटों के घेरे में
पाटल का है उत्सव मनता
एक कमल का खिलना
मानो मंदिर का कपाट खुल जाना
और शंख की गूँज फैल जाना
जनगण के आसमान में।

माना मैंने, जैसा सोचो
नहीं निकलता वैसा बंदा
बिकता है सब्जीमंडी में
केसर की कीमत पर कंदा
यह भी मान लिया अब मैंने

मँहगा बड़ा चुनावी चक्कर
खेत-डीह सब बिक जाता है
ऐसा नया जुआ है गंदा
फिर भी मैने सोचा यों है
मैं बदलूँ तो युग बदलेगा
सही डोर से ही पतंग उड़ते
जनगण के आसमान में।

प्रश्न बड़ा है, एक कमल कैसे
सर की दुर्गन्ध मिटाए
सीलन भरी अनर्गल शिक्षा
कैसे सूर्योदय दिखलाए
कैसे भरे उदासी गंगा
जल छेदोंवाली चलनी में
किस औषधि से वैद्यराज
दूषित आत्मा का रोग भगाए
मैंने जाकर बड़े जतन से
ईवीएम का बटन दबाया
और हजारों स्वप्न लगे तिरने
जनगण के आसमान में।

अगर न होगा जल तो

सरिता की अविरल धारा में
दादाजी ने स्नान किया था।
बाबूजी ने कुआँ-पोखरे के
जल से पय-पान किया था।

मुझ तक आते-आते पानी
बोतल भर में सिमट गया है
कलकल करता झरना भी अब
चट्टानों से लिपट गया है।

चिंता में हूँ, मेरी संतानों की
प्यास बुझेगी कैसे?
अगर न होगा जल तो कल से
दुनिया हाय जियेगी कैसे?

इसीलिए संकल्प हमारा
बूँद-बूँद जल का संचय हो।
मछली जल की रानी है, यह
कविता बच्चों की अक्षय हो।

तुम्हें मेरी शपथ है

तुम्हें मेरी शपथ है, आज
रुक जाओ, कृपा होगी
चले जाना सवेरे कल
अगर तुम जाना ही चाहो।

अंधेरी रात में जब दूर
तारे टिमटिमाते हों
तुम्हारा हाथ रख लूँ
थरथराते हाथ में अपने
थका हूँ मैं बहुत अवसाद की
पगडंडियाँ चल कर
बड़ी है लालसा, देखूँ
तुम्हारी आँख से सपने
न तुम बोलो, न मैं बोलूँ
न कोयल, मोर ही बोलें
धड़कते मौन पल दे दो
अगर तुम देना ही चाहो।

जगेंगे सिंधु सौ-सौ
कच्छ के रन में मुखर होकर
युगों की साध उमड़ेगी
तुम्हारा एक पल पाकर
लिखेगी रातरानी अनकही

मेरी कहानी भी
सुना दो कान में यदि
गीत मेरे मीत तुम गाकर
सहेजेंगे तुम्हारे साथ
लाखों चाँद के टुकड़े
क्षितिज का सूर्य भी पा लो
अगर तुम पाना ही चाहो।

नहीं है पास मेरे कुछ
जिसे देकर तुम्हें रोकूँ
तुम्हारे सामने क्या हूँ
बस इक सौगंध का बल है
मचलता हिरन का छौना
बना है आज मेरा मन
तुम्हारे बाद, क्या बोलूँ
यहाँ घनघोर जंगल है
बड़ा मासूम यह उपहार
देकर जी करूँ हल्का
तुम्हें यह सौंप दूँ छौना
अगर तुम लेना ही चाहो।

आतप-गीत

यों सहमे-सहमे हैं पेड़
धूप की अदालत में हो गया
जैसे कोई बड़ा अँधेर।

तरकश से छूट अग्निवाणों ने
भस्म किया सारा सीवान
शंखों के पास भी बचे कहाँ
जल के संजीवनी निशान
तिल भर की छाँह तले चुप्पी को
लिया लाल गायों ने घेर।

भून गयी धूल भरी आँधियाँ
जले-भुने कन्दों-से गाँव
आग-बबूला हुआ पलाश-वन
कमलों के भी ठिठके पाँव
फरती हैं मंगली वनस्पतियाँ
जैसे फरता जहर कनेर।

इतना क्यों उग्र शुनाशीर हुआ
अँगुरी क्या गड़ी नयी फाँस!
साँझी तक झुलस गयी आँगन की
केवड़े की सर्द-गर्म साँस
गरजेगी शीघ्र काल-बैसाखी
बरसेगी देर या सबेर।

राग केदारा

लौटे चढ़कर पानी की दीवार पर
देखा तांडव रुद्र शिखर केदार पर।

आग्रह था गौरी का औढरदानी शिव से
डमरू बाजे, नृत्य दिखाएँ।
खुली जटा से गंगा
बिफरी-बिफरी फिरने लगी
सुलग सौतिया डाह से
तोड़ दिये सारे तट-बंधन।
जल ही जल था
केवल जल था
जिसमें डूब गयी सन्तानें।
सभी स्तब्ध थे महकाल के द्वार पर।
वज्रपात हो गया तीर्थ-शृंगार पर।

बादल फटा, बजा डमरू ज्यों
चारो ओर नाद हरहर था
पुल टूटे, टूटी पगडंडी
महाकाल अम्बर से उतरा
मन्दाकिनी कर्मनाशा थी
देवदारु, चीड़ों के जंगल
आस्था की चकमक दूकानें
कच्चे गिरि पर बनी अटारी

सेवक-सेवित सभी बह गये।
तेज धार में अश्व दह गये
और बह गयी डांडी-काठी
सिंधु पलट था गया हिमालय-द्वार पर
गिरी बिजलियाँ भक्तों के परिवार पर।

पूछो मत क्या बीता उन पर
जिनके बच्चे भी, सुहाग भी
बहे प्रलय के जल-प्रवाह में
जिनकी पूँजी, सखा-बंधु सब
आँखों के सामने बह गये।
कोई नहीं सहारा तब था
जिनको पकड़ा, वही बह गये
टूट गया था बाँध धैर्य का
रौंद रही थी प्रकृति कराली
महा विनाशक जल-प्रवाह था।
जब सब कुछ बह गया
दब गये सब मलबे में
कई दिनों तक बैठे थे हम
उस मसान में
जिसमें कदम-कदम पर शव थे
गिद्ध और कुत्ते पहाड़ के नोच रहे थे
उनको, जिनकी दसों उंगलियों में
सोने की अंगूठी थी
गर्दन में नौलखा हार थे
पड़े हुए थे महाराज सारे लावारिस।
नीचे सोते रहे सभी जन-नायक
नोटों के अम्बार पर
नहीं किसी का ध्यान आपदा-
पीड़ित के उद्धार पर।

जब सब कुछ हो गया खत्म तब

उड़नखटोला बैठे नायक आये थे
दर्शन देने को
और देखने
महाकाल का महा तमाशा
वह तो थे किशोर सेनानी
जान गँवाकर भी
कितनों की जान बचायी।
ग्रामीणों ने पेट काटकर
धर्म निभाया शरणागत का
हमसे भी भूखे तो वे थे
राहत के खा गये अन्न जो
हमें भिखारी मान, दे रहे
मृतक परिजनों का मुआवजा
देकर देखो यही राशि
अपनी घरनी को
उससे पूछो, कितनी उसको
खुशी हो रही।
जले हुए पर नमक न छिड़को
गाली सुनकर यों मत भड़को।
जितना हुआ विनाश
विगत छह सौ वर्षों में
उतनी बरबादी देखी
साठ ही साल में।
साठ साल में भाषा खोयी
संस्कृति खोयी
सारे तीरथ-धाम खो गये
श्रद्धा औ' विश्वास खो गये
डगर खो गयी, नगर खो गये
गाँव-गाँव बाजार हो गये।
साधु-सन्त तो चलने को
लाचार हैं
तू भी चलकर देख
जरा अंगार पर।

कुछ मत पूछो, कैसे लौटे
चढ़े पेड़ पर,
छिपे झाड़ियों में भींगे तन
सीढ़ीदार खेत को नापा
पानी में हिमनद को भाँपा
पकड़ी बाँज पेड़ की डालें
पार किये तारों पर नाले
जो देते आश्रय वे खुद
आश्रय-विहीन थे
जान-माल से बिछड़े
कितने दीन-हीन थे
सड़कें कटे हुए अजगर-सी
दाना-पानी औ छत को
आत्मा तक तरसी।
जीवन और मृत्यु से
खेली आँख मिचौनी
होश नहीं था कई दिनों तक
बदहवास भागते हुए हम
कहाँ जा रहे!
छोड़ बांधवों को, मित्रों को
उस मसान में
यह पापी जीने की लेकर विकट लालसा
लौट आ गया अपने घर
ज्यों हाथ झाड़कर चले जुआरी।
कर मनौतियाँ पहुँचे जब हरिद्वार पर
यम के हस्ताक्षर थे ऋतु-संहार पर।

●●●

बुद्धिनाथ मिश्रः जीवन-परिचय

- 1 मई,1949 को मिथिलांचल में समस्तीपुर (बिहार) जनपद के देवधा गाँव में संस्कृत विद्वानों के परिवार में जन्म। पिता पं. भोला मिश्र, माता-गुलाब देवी। बचपन पिताजी के साथ गाँव में पौरोहित्य और कृषिकार्य में व्यतीत। दस वर्ष की अवस्था में पारम्परिक संस्कृत शिक्षा के लिए काशी प्रस्थान।
- गाँव के मिडिल स्कूल और रेवतीपुर (गाज़ीपुर) की संस्कृत पाठशाला में प्रारम्भिक शिक्षा,1962 में पूर्व मध्यमा; 1965 में यूपी बोर्ड से आईए, बनारस हिन्दू यूनिवर्सिटी (बीएचयू) से 1967 में बीए ऑनर्स; 1969 में एम.ए.(अंग्रेज़ी) और गोरखपुर विश्वविद्यालय से 1977 में एम.ए.(हिन्दी)। बीएचयू से 'यथार्थवाद और हिन्दी नवगीत' प्रबंध पर पी-एच.डी. की उपाधि(1982)।
- हिन्दी और मैथिली के अन्तरराष्ट्रीय स्तर के वरिष्ठ नवगीतकार। राष्ट्रीय स्तर के राजभाषा विशेषज्ञ। मधुर स्वर, खनकते शब्द, सुरीले बिम्बात्मक गीत, ऋजु व्यक्तित्व। साहित्यिक पत्र-पत्रिकाओं के पन्नों से लेकर देश-विदेश के प्रतिष्ठित काव्य-मंचों के अग्रणी गीत-कवि। छांदस कविता की पुनर्प्रतिष्ठा कर भारतीय कविता को समाज से जोड़नेवाले वरिष्ठ राष्ट्रवादी साहित्यकार।
- 1966 से राष्ट्रभाषा हिन्दी और मातृभाषा मैथिली के प्रमुख पत्र-पत्रिकाओं में निबंध, कहानी, गीत, रिपोर्ताज़ आदि का नियमित प्रकाशन। देश के शीर्ष दैनिक पत्रों, प्रमुख साहित्यिक पत्रिकाओं तथा वेब-साइटों पर 'ननु नच' 'जाग मछिन्दर गोरख आया' 'पुरइन पात' 'देस कोस' आदि शीर्षक से नियमित स्तम्भ लेखन।
- 1969 से आकाशवाणी और दूरदर्शन के सभी केन्द्रों पर काव्यपाठ,

वार्ता, संगीत रूपकों का प्रसारण। बीबीसी, रेडियो मास्को आदि से काव्यपाठ और भेंटवार्ता प्रसारित। दूरदर्शन के राष्ट्रीय कार्यक्रम के वैज्ञानिक धारावाहिक 'क्यों और कैसे?' का पटकथा लेखन। वीनस कम्पनी से 'काव्यमाला' और 'जाल फेंक रे मछेरे' कैसेट, मदन मशीनरी मार्ट,वाराणसी से मैथिली संस्कार गीतों के दो ई.पी. रिकार्ड और कलकत्ता से हिन्दी के संगीतबद्ध गीतों का कैसेट 'अनन्या'। यूट्यूब, कविताकोष, रेडियोसबरंग, पूर्वाभास आदि वेबसाइटों पर विशेष चर्चित रचनाकार। वीसीडी 'चाँद जरा धीरे उगना' और आडियो सीडी 'राग लाया हूँ' काव्यप्रेमी श्रोताओं में अति लोकप्रिय ।

- **प्रकाशनः** 'जाल फेंक रे मछेरे'(1983) 'जाड़े में पहाड़' (2001) 'शिखरिणी'(2005) 'ऋतुराज एक पल का' (2013) 'गीत उत्तरा फाल्गुनी' (2022) गीत संग्रह 'क्यों नहि दै अछि आगि' (2016) 'पुरना सतघरवा मे बैसल' (2020) मैथिली काव्य संग्रह और 'निरख सखी ये खंजन आये' हिंदी निबंध संग्रह (2016) प्रकाशित।
- एक हजार साल की हिंदी कविता का विराट संग्रह 'स्वान्तः सुखाय' 'नवगीत दशक' 'विश्व हिन्दी दर्पण' (मारिशस) तथा सात मूर्धन्य कवि उदय प्रताप सिंह, माहेश्वर तिवारी, कैलाश गौतम, रानचंद्र चंद्रभूषण, सोम ठाकुर, बेकल उत्साही और डॉ. चन्द्रकला पांडेय के काव्य संकलनों का सम्पादन। 'गाजीपुर जनपद के अग्रणी स्वतंत्रता संग्राम सेनानी' (2022) का श्री विश्वविमोहन शर्मा के साथ संपादन।
- 2017 में प्राचीन नगरी वाराणसी के आधुनिकतम स्वरूप पर लिखित-सम्पादित 'मेरी काशी' पुस्तक का प्रधानमंत्री श्री नरेन्द्र मोदी द्वारा राज्यपाल श्री राम नाइक और मुख्य मंत्री योगी आदित्यनाथ की उपस्थिति में लोकार्पण, जिसकी कई लाख प्रतियाँ छप चुकी हैं। 30 मई, 2019 को राष्ट्रपति भवन में संपन्न प्रधान मंत्री के शपथ ग्रहण समारोह में विशिष्ट साहित्यकार के रूप में पीएमओ द्वारा आमंत्रित।
- **बहुभाषाविद :** संस्कृत, पाली, हिंदी, मैथिली, अंग्रेजी, बांग्ला, उर्दू, भोजपुरी के अलावा स्पेनिश, जर्मन, फ्रेंच का भी ज्ञान। वर्धा विश्वविद्यालय के दो वर्षों की एमए (राजभाषा) कक्षा के लिए सम्पूर्ण पाठ्यक्रम की संरचना। अयोध्या राम मंदिर निर्माण समिति को भाषिक सहयोग।
- 'अक्षत' (खंडवा) 'अनुष्का' (मुंबई) पत्रिका और 'खबर इंडिया' ई-पत्रिका में व्यक्तित्व-कर्तृत्व पर केन्द्रित विशेषांक। 'बुद्धिनाथ मिश्र

की रचनाधर्मिता' (2013) पुस्तक (संपादक: डॉ. अवनीश चौहान) प्रकाशित। कई विश्वविद्यालयों के पाठ्यक्रमों में हिन्दी और मैथिली की रचनाएँ सम्मिलित तथा व्यक्तित्व एवं कर्तृत्व पर पाँच शोध-प्रबंध प्रस्तुत। देवघर विद्यापीठ, नगरी प्रचारिणी सभा, चेतना समिति आदि भाषा-साहित्य से जुडी दर्जनों संस्थाओं के कार्य-कलाप में रचनात्मक योगदान।

- **सम्मान:** रूस-भारत मैत्री संघ, मास्को का अन्तरराष्ट्रीय पुश्किन सम्मान; उप्र हिन्दी संस्थान का रु. 5 लाख का प्रतिष्ठित 'डॉ. लोहिया सम्मान (2022) और रु. 2 लाख का 'साहित्य भूषण' सम्मान(2012), दुष्यन्त कुमार अलंकरण, भोपाल; राष्ट्रकवि दिनकर जन्मशती राष्ट्रीय सम्मान, बेगूसराय; पारिजात संस्कृति संस्थान, कोलकाता से 'सेतु' सम्मान; परिवार सम्मान,मुम्बई का राष्ट्रीय सम्मान; परिवार मिलन, कलकत्ता द्वारा नवगीत संग्रह 'शिखरिणी' पर कोलकाता का प्रथम 'काव्यवीणा सम्मान'; भारतीय ज्ञानपीठ से प्रकाशित नवगीत संग्रह 'ऋतुराज एक पल का' पर डॉ. शम्भुनाथ सिंह नवगीत पुरस्कार; महाप्राण निराला, बच्चन सम्मान तथा ढेर सारे पुरस्कार। हिन्दी साहित्य सम्मेलन से 'कविरत्न' और 'साहित्य सारस्वत' उपाधि। अखिल भरतीय विक्रम परिषद, काशी द्वारा सुप्रतिष्ठित 'सृजन मनीषी' अलंकरण और अभिनव कला परिषद, भोपाल द्वारा 'अभिनव शब्दशिल्पी' सम्मान। टाइम्स ऑफ़ इंडिया ग्रूप का प्रतिष्ठित राजभाषा सम्मान। विद्यापति सेवा संघ, दरभंगा का सुप्रतिष्ठित 'मिथिला विभूति' और चेतना समिति, पटना का सर्वोच्च 'यात्री' सम्मान।परंपरा ऋतुराज सम्मान, नयी दिल्ली।
- **विदेश यात्रा:** रूस, अमेरिका, ग्रेट ब्रिटेन (सात नगर), फ्रांस, नीदरलैंड, बेल्जियम, जापान, मारिशस, उज़्बेकिस्तान, दक्षिण अफ्रीका, थाईलैंड, सिंगापुर, दुबई, शरजाह, नेपाल आदि अनेक देशों में आमंत्रित कवि के रूप में साहित्यिक यात्रा। सार्क देशों में अत्यन्त लोकप्रिय कवि के रूप में चर्चित।
- न्यूयार्क(2007) और जोहान्सबर्ग(2012) में भारत सरकार द्वारा आयोजित विश्व हिन्दी सम्मेलनों में भारतीय कवियों का प्रतिनिधित्व।
- **सेवाकार्य:** 1) 'आज' दैनिक, वाराणसी में 1971 से 1980 तक साहित्य और समाचार सम्पादन;

2) यूको बैंक के मुख्यालय, कलकत्ता में 1981 से 1983 तक राजभाषा

अधिकारी;

3) हिन्दुस्तान कॉपर लि. के मुख्यालय,कलकत्ता में 1984 से 1997 तक वरिष्ठ राजभाषा अधिकारी से मुख्य प्रबंधक पद तक राजभाषा सेवा;

4) ऑयल एण्ड नेचुरल गैस कार्पोरेशन(ओएनजीसी) मुख्यालय, देहरादून में मुख्य प्रबंधक (राजभाषा) पदपर 1998 से 2009 में सेवा-निवृत्ति तक सेवा। कविता से मिली प्रतिष्ठा के कारण,आदि से अंत तक सभी सेवाओं में आमंत्रात कर नियुक्ति।

- 'स्वयंप्रभा-'होलिस्टिक सेंटर फ़ॉर लेंग्वेज एंड लिटरेचर' के संस्थापक अध्यक्ष। केंद्रीय साहित्य अकादमी, के के बिरला फाउंडेशन, भारतीय ज्ञानपीठ आदि संस्थाओं में सक्रिय सहयोग। हिंदी विद्यापीठ, देवघर की प्रबंध परिषद् के वरिष्ठ सदस्य। बीएचयू, काशी विद्यापीठ, वर्धा विवि, पंतनगर, गुरुकुल कांगड़ी, रुड़की आदि विश्वविद्यालयों और लालबहादुर शास्त्री अकादमी, मसूरी, वाडिया इंस्टीट्यूट, देहरादून आदि राष्ट्रीय संस्थानों में राजभाषा एवं छांदस कविता पर नियमित व्याख्यान।
- भारत सरकार के संस्कृति विभाग के सीनियर फेलोशिप के अंतर्गत 'कविता की वाचिक परम्परा' पर गहन शोध-कार्य। साहित्य में सकारात्मक सोच के प्रबल समर्थक और भारतीय प्रज्ञा के सजग उपासक तथा प्रचारक।
- **सम्प्रतिः** (१) स्वतंत्र लेखन, (२) दो राष्ट्रीय दैनिक पत्रों और अनेक पत्रिकाओं में नियमित स्तम्भ लेखन, (३) राष्ट्रीय कवि सम्मेलनों में 1969 से और अन्तरराष्ट्रीय कवि सम्मेलनों में 1994 से मधुर साहित्यिक गीतों के सस्वर काव्यपाठ के लिए सुप्रतिष्ठित। (४) अंतरराष्ट्रीय हिंदी साहित्य भारती के केंद्रीय उपाध्यक्ष के रूप में भारत के सभी राज्यों में जनपद स्तर पर तथा 34 देशों में राजधानी स्तर पर हिंदी का प्रचार-प्रसार।
- **सम्प्रति :** कविसम्मेलनों में काव्यपाठ, साहित्यिक संगोष्ठियों और साहित्यिक संस्थानों में व्याख्यान , पत्र-पत्रिकाओं में निरंतर लेखन कर राष्ट्रवादी छांदस कविता और भारतीय संस्कृति की पुनर्प्रतिष्ठा के लिए प्रयासरत।
- **सम्पर्कः** 'देवधा हाउस', 5/2 वसंत विहार एन्क्लेव, देहरादून-248006, फोनः 0135-2767979, मो.7060004706.
ईमेलः buddhinathji@gmail.com

www.ingramcontent.com/pod-product-compliance
Lightning Source LLC
LaVergne TN
LVHW090352051026
849518LV00006B/2118
* 9 7 8 9 3 5 8 6 9 5 7 2 4 *